優しき歌

川口顕弘作品集

川口顕弘
KAWAGUCHI Kenko

文芸社

作成年代

『Ⅰ　衿子のための詩と歌の本』
・一九五八年〜五九年
ああ、ためいきのやうに……〜路上にて
・一九六五年〜六六年
ところで、そやつは……〜また思ひ返して……

『Ⅱ　優しき歌』
・一九六八年二月〜九月
君　行き過ぎて……〜洒落た唄
・一九六六年〜六七年
「優しき歌」以前の詩歌

目次

II　優しき歌　153

＊「優しき歌」以前の詩歌＊ 237

Ⅰ　衿子のための詩と歌の本

ああ、ためいきのやうに……

ああ、……
ためいきのやうに風が流れ
風が
流れる

手すりに　仄かな陽射しが萌え初め
きざはしに
寂《せき》とした純白が輝く

やはらかに風が流れ

その風に、遠きソプラノも流れ
うらうらと
かげろふもゆれ

かの
果てしなき春のごと
われも、溺れよ！

二の主題

来《く》る日も蒼然とたそがれゆき
遠い落城の、地の底の、轟きをのみ

来る日にも、水色の霧と
遠い幻聴のほか、何がありえたらう
涸れ果てて乾きし
瞳《め》のみ、ひらく

いくたび、くりかへし
云ひ聞かせ、耳に注ぎ

繰り返し、くりかへしても
遠い耳鳴りと、鈍い
疼痛と
ただ蒼々の宙のほか……

記憶を消滅し
明日を喪失した今
死の幻影も、もはやぼくを喜ばすに足りなかった。

夜、その花が……

夜
その花が
あらゆる、亡霊の、記憶に似
立ちどまり……
しめりけを帯びた風が過ぎ
その花の
いちれつ、遠い白さ
その顔の、その記憶の、亡霊の

風に流れ

歩いて行く。

誘惑に打ち克つた……

誘惑に打ち克つたところで何にならう
味気ない、つまらない思ひのほか何もありやしない

誘惑に沈む快楽
ただそれが期待をはるかに裏切るものであることを
　いつも知つてゐる
裏切られながら、はるかに誘《いざな》はれて行く

今日もまた女人《にょにん》たちの脚は真白く、くねくねと
　すべる魚だ

深海の底を、ひらりひらりと過ぎ交はして行く
眼をみはり、右に左に追ひかけると
誘《いざな》ひ、逃れ、身悶えて捕はれ、またするりと逃げて行く
震へてやまぬ背のひれに口をつけると
沈んで蒼い水の色と
「溺死」と記された深い頂きがある

ああ、誘《いざな》はれ
永遠の月夜に浮かびいでても
この漂流する死体に落胆の色は消し難いであらう。

連続的断章

装うことを放棄した俺は
今は
　優しくするほかはなかった

影は
　切なかった
色の悪い、落ちた頬と
他人にも似た、痴呆の眼のみがあった
いつも

もうお前を見るのはよそう
と、悲哀に捉えられ
云いはしたのだが
　　またしても裏切るだろう

いや！　違う！
と、絶叫したが
何のことだか忘れてしまった
理由など、初めから有るわけはなかったのだ
俺の、生の意思などには。

或る女に

お前を求めて哀しい心でゐる
どこなのか、うらさびた日陰の街の中で

お前の心は、けつして俺を振りかへりはせぬ
それゆゑ俺のじめじめした気鬱は果てなく
いつしか、心にも身体にも蒼い薄汚い黴《かび》が生える

俺はお前が欲しい！
けれど、手に入れさへしたら一夜でお前を棄てるだらう
　俺には自分の心さへよくは解らぬ

たぶん俺はお前を愛してゐるのだらう
それゆゑ、自分を信じられぬのだらう

だが、俺は求めてゐる
求めて哀しい心でゐる
ああ、それを信じてくれ！　俺に代つて信じてくれ！
心からお前を愛してゐることを

やがて
この日陰の街いつぱいに黴が生え
たそがれの中に沈みゆくまでの間《あひだ》。

月

ビルの空に、月がある
絶え間ない
悪寒に震へるものよ

おお、荒寥の巷をひとり往き
哀れげな光をちりばめ
僅かにも、みづからを信じうるのであるか
信じうるか、僅かにも、陥没の未来を?

力ありなば

変じて魔となり
妖となり
湧き上がる雷鳴と共に瞬時に揮発し去れよ
閃光のうちに滅せよ

病み疲れたお前
爛《ただ》れ、膿《う》み、悪臭放つお前
この空を、お前の喘ぎ進むとき
泪たれ、鼻すすり、媚びて歩むとき
誰顧《かへり》みる者のあることであらう。

エチュード

彼が姿を現すと、それは
むなしい一つの気圏である

風にまぎれて歩む
気圏は長髪も修羅に乱れた脳の形をしてゐる
　腐れて歪んだ脳のかたちをしてゐる

その真空は明らかであるべきに
なぜ人々の眼に影が映るのであらう
　たそがれの蒼の影

真空はどこにでもある
真空はたちまち失はれる
（虚無が微笑むとき）
風のやうに、むなしい気圏が過ぎる

誰も理解はせぬ
（僅かな空白が人を戦慄させる）
ぼくも、あの後を追はふ。

路上にて

むくんだ、眼を閉じた病人の顔が
ぼくのそらに　いつまでもついて歩く

　暗い、重い、一本の脚は泥沼の中で腐れ

幻想を引きずつて歩く
追はれるやうに引きずつて歩く

いつぱいの悲しみにあふれ
くちびるを噛みしめ

幻想に追はれて歩く。どこへ？
黙して立ち止まる。理由なく
ここはどこか？　このひらひらと風に舞ふ如き
夢幻の如き赤き世界は？

いつか幻想は定着し
――風が吹き
世界が消える

　ここはどこか？
この白い、広い、漠とした棒の如き世界は？

ところで、そやつは……

一、

ところで、そやつはみすぼらしい詩人、ケチなインチキ野郎だったが、俄かに濃い霧の立ちこめた或る夜、なに思ったか、ふらふらと巷にさまよい出て、いつしか霧深い闇の中にうずくまったのだ。

二、

それは——だが、何と深く白い霧だったろう。みすぼらしい詩人は憐れなショボクレた眼をした男だったが、それでもやはり詩人は詩人、夜霧の美しさに、魅せられて長い吐息をした。

さてそこは教会だった。霧にかすむ白い尖塔から、悪魔がひょっこり降りて来た。いとも朗らかに、彼は詩人にこう言った。

「やあやあ、毎晩良く会うね」

詩人は無論、びっくりした。それも道理、彼は初めてここへ来たのだし、こんな相手はついぞ見たこともなかったからだ。だが彼はつい心にもなく返事をした。

「ああ、まったく……よく会うね」

馬鹿な奴、相手の正体にはまるきり気がつきもせず、早くも親愛の情を感じていたのだ。

「なんだかいい晩だねえ、霧が――こう、深くてさ。我々はまったくこういう夜が好きだねえ」

ぬけぬけと悪魔は言った。

「それにさ、こういう夜はいろいろとものを思うものだねえ。魂が耳を澄ますと――そんな詩があったっけ？　なんだか不思議な物音が聞こえて来るものだ。ほら……ほら、聞こえるぞ！　あれは何の音だろう？」

へっぽこ詩人も耳を澄ました。すると、――そう、聞こえる。暗い寂寞《しじま》を通して、風に乗って、かすかに聞こえる遠い享楽の響き。こころ浮き立つ管弦のしらべ、やるせない恋の歌、闇にとよもす笑い声、乾杯の音、
　そしてそれから——なまめかしい囁き。

「ねえ、……いいのよ！」

　へっぽこ詩人の眼はくらみ、胸はそぞろに波立った。早くもこやつ、さもしげに舌はハアハア、くちびるにはヨダレ、その上、身体《からだ》までガタガタ震えて来たではないか。いまや彼の全身はショボクレた大きな耳だった。もっと何かが聞こえはしないか、もっと何かが！

　ああ、もの憂げな忍び笑いが流れて来た。かすかな吐息のうねりが流れて来た。風に乗って、脂粉の香りが流れて来た。彼は恍惚と耳を澄ました。

三、

　——だが一瞬、異様な叫び声が聞こえたように思ったのは、あれはそら耳だったのだろうか。遠吠えのように、長く尾を引くその叫び、不吉な暗い地の

底の、あの悲痛な絶叫は？

　ふと、ケチな詩人は身ぶるいした。

「あの声は？　では、……あれは？」

ええ、無念！　しくじったと見るや悪魔は本性を現わした。だがこの悪魔、耳はニョッキリ、見れば絵草子そっくりに尻尾までついていたが、なかなか愛想がよかった。

　にんまり笑って、やわらかに、いとも柔らかに、悪魔は言った。

「さあ、お前の欲しいものを何でも言いな。どんなことでも叶えてやろうぜ」

　悪魔の哀しさ、タダでは人の魂も奪えはせぬ。

だがこのインチキ詩人、悪魔の正体見たとあっては、どうして返事の元気があろう。返事のゆとりがあらばこそ、悪魔もへちまもケシ飛んで、へたへた腰を抜かさんばかり、目をいっぱいに見ひらいたまま、まばたきの気力さえも失せていた。

「こわがることはないやね、え？」と、悪魔はウインクした。

「どうせお前は地獄行きだし、それに地獄だって住めば都さ、楽しいものさ、そんなに怖がるものじゃない、フウ！」悪魔は詩人に息を吹きかけた。

「さあ、これで元気も出ただろう。言ってみな何が欲しいのか。財産、名誉、恋、出世、なんでもいいから言ってみな」

するとこの憐れな詩人、早くも生色を取り戻したか、未だに歯の根も合わず舌もしどろ、だが所詮、のがれられぬと知るや、漸く思い決めて、こころを決めて言った。

「ほ、星を――、ぼ、ぼくは星を見たいんだ」

四、

霧はあとかたもなく晴れて、きららかに星が、――夜の闇に――明滅した。星は――だが、くどくは言うまい。みすぼらしい詩人はむさぼるようにそれを眺め、なに思ったか涙をこぼした。それから耳を澄ましたが……もとより何の物音も聞こえようはずがない。管弦も、甘い囁きも、それにあの暗い遠吠えも。

だが悪魔は次第に逆上して叫びだした。不吉な予感に襲われながら。

「いつまで愚図ぐず見てるんだ！　このへなちょこの素っ頓狂野郎、さあ、これで貴様の魂は貰ったのだ。俺は確かに契約は果たしたんだ。貴様は今後俺のものだぞ！」

そのへなちょこ詩人はガタガタ震えながらうなずくだろう。みじめに脅《おび》え、顔は歪み、ショボクレた目をヒクヒクさせて。

だがこやつ、薄汚くも未練たらしい奴、進退きわまっても、きやつはまだ泣き言をぬかすだろう。

「あ、悪魔よ！」と遂にこやつ、言い出したではないか。

はっと悪魔は飛びすさった。と見ればその姿は怒りに輝き、めくるめく光条を放って、太陽すらその前では無残なアルミ皿かと見まがうばかり。

「お、お願いだから……せめてもう一つ、ぼくの願いを聞いてくれ……ご、後生一生のお願いだから――」

悪魔は俄かに安心して、

「言え！　さあ言え。何であろうと叶えてやろう。たとえ（悪魔は歯ぎしりした）、きさまが！　神そのものに化身したいと言うのだろうと！」

「ぼ、ぼくは——」と、その卑怯な詩人、涙と水っぱなをズルズルと出しっぱなしの奴、自分以外には誰ひとり、こやつが詩人であることを認めぬ、このへなちょこの、素っ頓狂野郎は言った。

「あの星を、せめてはつないで……首飾りに！」

それから突如、勇を鼓して、さあ必死の努力、でたらめに野郎、決然と言い放った。

「た、頼む！　そうすれば地獄へなりと怖れはせぬ。星をつないで、あのひとの……衿子の首飾りに！」

五、

なんと、それがいい年をした大の男の頼みとは！　蒼白い悪魔はポカンと口を開いた。それはあまりにたやすいことではないか。星降る夜にはひと夜さに数十の首飾りさえできるではないか。

だが見れば詩人は必死、涙の洪水に溺れたその顔は、ぎらぎら輝く眼の色の、遂には蒼みがかるほどにも思いつめていた。キリキリキリと歯を噛みならし、この場は神にすがっても、悪魔が約束してくれねば魂は渡さぬ覚悟と見えた。「フフフ……」と悪魔は笑った。嵐の海よりも蒼いその顔にぽっかり開いた双眼は、再び陰々と地獄の劫火を映し出した。

「フフフ、イヒヒ……、何だそんなことだったのか。それなら今すぐにも」と、たちまち悪魔は長い手を伸ばして、きらめく大きな星々を拾い集めた。星は悪魔の手の中で青く、赤く、炭火のようにちらちらと燃えあがった。数百の星を集めて、彼は今度は首飾りをつくり上げた。それは見るうちに出来上がり――、もう詩人の手の中だった。

つめたく透き通るその火の色の、なんという華やかさ、美しさ！

だが驚くべきことに、それはへっぽこ詩人が予想していた首飾り――たとえばダイヤの代りに星をつないだ首飾り――とは全然違っていた。

またたく星と星の間には、小さな淡い銀河さえけぶっていた。時折はへっぽこ詩人の手の中に、細い流星が尾を引いた。形も大きさも首飾りだったが、それは紛れもなく星空だったのだ！　思いもかけぬこの有り様に、初めは茫然とした詩人、感極まってオイオイ泣き出した。

「さあ、きさま！」悪魔はそれとみて哄笑した。

「もう四の五の言いはすまいな。明日になったらその首飾りは、衿子とやらに届けてやろう。だが、さあ！」

勝ち誇り、悪魔の口は耳まで裂け、舌は炎と燃え盛った。

「お前はもはや俺のものだぞ！」

するとこやつ、いっかな詩人気取りの失せぬ奴、この素っ頓狂野郎はさも嬉しげにこう言った。

「ぼ、ぼくは……なんと幸せだろう！」

なさけなや、何たる蛇足！　この期《ご》に及んでも、まだそんなことを！　羞恥のあまり、さしも悪魔は、

「うわわあ、ギャーッ！」
と、ひと声。かき消すように――。
消えてしまった。星の首飾りもいつしか霧とうすれ――、
だが、ああ！　本当に何と美しい霧。魂が耳を澄ますと……聞こえる、あの
悪魔の断末魔の叫び、情念と妄執にみちたその声。
耳を澄ますと……ああ、きさま、馬鹿な奴、きさまはとうとう失ってしまっ
たのか。きさまの唯一の友となるはずだった悪魔、あのかけがえなき親友を！
だが――、
それにしても何という深い霧、
俺の存在の、なんと云う深い霧。

俺を愛せ

おお！　なんといふ夕日の赤さ！
陽《ひ》はうづ巻き、渦をまき、
　永劫の地の果てに沈んで行く
今日もまた、むなしい怒りに打ちふるへながら

空はあかあかと燃え、やがて黒ずみ、消え
　そして凝固していく
残像だけが残る。おお、日輪よ、不吉の残像
渦をまき、うづ巻き、ただれ
　あへぎながら

沈みゆくお前よ！

いとしいお前、三十億年の昔から俺は
お前を愛してゐた。さうだ。この世の初めから！
俺の生命《いのち》がお前とともに
　あのアンドロメダの彼方、今は星が
　ぎつしり詰まつてゐる
あの虚空の一点に胚胎したその時から！

いとしいお前、限りなく愛するお前
狂へる如く俺を愛せ！　お前――
Ｅｒｉｋｏよ！

朝の歌

朝か！　輝かしい俺の思い出、太陽よ
死んでしまった俺の良心、道化の鏡
俺の熱病、パンクしたタイヤ、錯乱した心臓よ！

新緑の柳を、名も知らぬ樹々の葉末を
　鮮やかに透かしてお前は
波うつ甍《いらか》を、コールタール塗りのトタン屋根を
　きららかに反射してお前は
遠い目覚ましのベル、どこかの台所の物音
小鳥の歌、豆腐屋のラッパを空に響かせてお前は

汚らしい二階を、ショボクレた眼をした俺の
堆《うずたか》い煙草の灰の、散乱した本とノートと新聞と茶碗の
ひと夜、寝もやらず乱れた髪と血走った眼をした俺の
　いま頃はまだすやすやと眠っているにちがいないあの人を想いつめ

またベルだ、彼女は目覚ましをとめる。目をこする
眠いな、まだ眠いわ、と誰にともなく言うだろう
どうしてか昨夜はあまり寝てないみたいよ

想いつめて今は疲れ
茫然とお前を仰ぎ見るこの俺を

いたぶるのか、何故にかくも狂おしく
おお、俺の死んだ良心、道化の鏡、永遠の太陽よ

お前を想いつめて俺は長い吐息をつく
　そのかみの平安の
みどりなす髪、たけ長き
　少女《おとめ》の恋の
さながらに無垢の慕情の吐息のごとくにも。

Lyrisme puéril

彼は、
　空に梢に波立つ池にガラス窓に
　書いて満足した。指が走ると
　その字は忽ち消えてしまうのだったから
　彼の眼にしか映らなかったから
Ｅｒｉｋｏ、エリコ、えりこ、Ｅｒｉｋｏ！
その名を
　呼びはしなかった。小さな写真を
しかもそれは動く写真、シネ・八ミリだったが

見ようとはしなかった。巧みに用事を思いついて電話を
　掛けようとはしなかった
それらは

妖しい魅惑、禁断の果実
心を狂おしく燃え立たせ、波立たせ、彼を
あの暗い深淵に引き込むように思われたから

ただ書くだけで満足した。たちまち消え去る虚空の文字は
　かぐわしい花の香りをたたえていた
　見も知らぬ山嶺の春を運んで来た
　チロルの牧歌を響かせていた
Ｅｒｉｋｏ、エリコ、えりこ、Ｅｒｉｋｏ！

ただ書くだけで満足した。それは
　だれ知らぬ彼の秘密、ひそかな魅惑
　吹き過ぎる五月の風のように
　彼の想いを遠くへ運ぶのだったから
Ｅｒｉｋｏ、エリコ、えりこ、Ｅｒｉｋｏ！

喫茶店にて

君の耳に水晶のイヤリングをつけたしと
　ためらひて言ふ　アルバイト学生は

日曜は都合がわるいんですと微笑みて
　可憐なる嘘を言ひしくちびる

少年のごと羞じて想ひき白き肌《はだへ》
　かしげてありぬ細きうなじに

汝《なれ》を欲《ほ》し独占したしと見入りつつ

痴呆のさまにくりかへせしも
学生でしよ　だから……と無邪気にも
　幼児をさとすごとく言へり
青貝の首飾りにもふと切なく
　心ふるへりそは誰のため？

ともすれば君を愛すと言ひしかど
　頬かげらせて君はうつむく

そんなお話はいや、と眉ひそめ
　口を結びしその横顔の――

如何にしてか君の微笑を得んものと
　脈絡もなき早口なりしか

今はいや　でも九月になればと言ひけれど
　無情の宣告と響きしか　われ

やはらぎて君はほほゑめり
　さりげなき話題をからくも見出せしとき

師に告白す

何故にかく苦しきか愚劣なりと
　幾十度《いくそたび》いくそたび自嘲すらしも
そは薔薇の十字架なりと慈父の如く
　しづかに諭《さと》し給ひけり師は
われもまた紫陽花の少女に恋しかと
　なつかしみつつ師は語りにき
泡立てるジョッキいとしみ

あぢさゐの花の少女を見給ふがごと

手すさび

みよ　と言ひ　見ざれ　と言ひて果てなくも
　こころ悩みき　すずしき瞳《まみ》を
たがために　はるけき思ひ　らちなきに
　見つづく夢か　世もあらじかし
ゆふやけぐも　たはらのそらに　かがよひき
　かなしみよこと　そを恋ふるかも
みよこひは　かくも羞《やさ》しと　われのうた

はら野の風に　なげつたへてむ

姑娘《くうにゃん》の幻想

一、
姑娘《くうにゃん》の装ひをさせたしとウインドに
　白きうなじを思ひゐがきぬ

二、
翡翠の耳飾りつけ
　金銀の縫ひ取りなせしくれなゐの
　靴を履かせて
綾なせる絹の支那服
　汝《な》が白き肌を包むを

羞ぢらひて
　頬を染むるを
切に見まほし　汝《な》が歩めるを

反　歌
うす絹の汝《な》が装ひも
　ぬばたまの黒き眸にいよよさやけし

三、
洞庭湖　入り江の岸に楊柳の
　葉になぶられし君を見まほし
星明かりジャンクの艫《とも》に寄り添ひて

さしうつむきし姑娘《くうにゃん》の君

月影に翡翠の耳のきらめきて
　君は語りき　いとけなき日を

水にあかき刺繍の靴を　そと脱ぎて
　白き素足をひたせし君は

ゆふぐれて濃きみどりなる水底《みなぞこ》に
　君の素足は白く泳げり

この小《ち》さき白き魚《うお》の名はと問ひかくに
　そは鯉ならむと君は答《いら》へむ

こひか　また君がみ足か　そは知らず
　いざ捉へ来て口づけをせむ

とらへむとすれば早くも逃げ去りぬ
　鯉は得難き魚と知るべき

洞庭湖　いかなればかく恋しきと
　姑娘《くうにゃん》の君に　かき口説《くど》けむを

四、

支那服を着たる少女のなつかしきかな
　ふるさとと君が面影《もかげ》をかさね偲びつ

☆註：作者は「引揚者」の子弟。旧満州国遼寧省の生まれ。

奈良追想

中宮寺

中宮寺　菩薩のみ手のかげろひに
誰《た》を想ひしぞ心ゆらぎぬ

法輪寺

疲れしと言ひて見あぐる　みほとけの
何につかれし眼のしづかなる

法起寺

畑なかの道の長きに　森の上《へ》に

小さくも見ゆる寺の屋根かな
みやびたる大宮びとも　そのかみは
いゆき愁へりその畑道を

燃ゆるごとく耐へるがごとく　ゆふぞらに
もだし立ちたり三重の塔

塔の影　砂の乾きに坐りをり
疲れし心に風の吹きゆく

馬篭行

馬篭峠　輝ける陽に蒼穹に
　何をか怖れ　ふとたぢろげり
流れ落つ汗　たちまちに蒸発して
　かのひとひらの雲ともなるか
雲となれ！　雲となりて颪を呼び
　都に到らば雨とふれよかし
烈日かくも激しきに

蒼穹のかくしづかなるは心なやまし

皮膚を灼き肉をも灼き　いやはてに
　こころを灼きて陽は眞《ま》かがやく

灼き　灼きて　灼き尽くしたるのち
　陽は送れるか涼風を峠に

風吹きて凝縮せる想ひ飛散す
　四辺の何ぞただに明るき

奈良、八月行

三月堂（月光菩薩）
月光《がっこう》の白き微笑のしづけさに
ふと怖れつつ愁ひて見上ぐ

われ何を考ふとも知らで　みほとけは
久遠の笑みを笑み給ひつつ

みほとけの　すずしき瞳《まみ》のさびしさ
いかなればかく安らぎ給ひし

三月堂　暗き堂宇に月光《がっこう》の
　ほの明かりつつ　たたずみ給ふ

　秋篠寺（技芸天）
秋篠の名もゆかしかる古き寺
　慕ひてゆけり　まばゆき道を

技芸天　なにをかわれに語り給ふ
　近づけばふときびし　そのおも

　法隆寺（天鼓音如来）
飽かず眺む如来の像の　ほの闇に
　なまめき笑める夕ぞ妖しき

唐招提寺

青くも澄める秋の空かな
蝉　声を競ひて鳴ける木隠れに

入り日さす唐招提寺の敷石に
蝉しぐれ降る寂寞《じゃくまく》のなか

岩船寺

石室《いしむろ》の苔むす壁に浮き出して
おぼろに立てる不動明王

わが恋し少女らは今　祭壇に
残像白き百合かと残れり

われ　君とともに……

われ　君とともに居らざれば
何をか君は考ふらむ
　うつつなく　そを想ひ
ともすれば淋しかるべしと
愁ひてやまず

ささめき合へるにも
　君に恋ひ
　君の微笑を得たしと
ひそかに汗をにじませる男のなきは

如何にか寂しからまし
　君　われを想はずと
言ひ　われまたうべなひけれど
何しかも恋ふる男なきゆゑに
君のこころ満たざらむは
　耐へがたし

　反　歌
居れば憂し　面映ゆしと思《も》ひ　居らざれば
　何がなし淋しと　君思《も》ふらむか

夢

果てなくも想ひ思ひて幾日《いくひ》過ぎる
夢にか　なほもその瞳《ひとみ》見ゆ

良き夢を見たりと起きて日記《にき》に書く
雲厚き空　今日も暗き朝

起き出でて雨の繁きに降るを見る
妖しき夢を見たる朝明け

雨降るを見瞠《みひら》きし眼にまじまじと

眺めてゐたり今朝の夢のあと
あのひとはどう?　と聞かれてたちまちに
頬染まりゆく夢の新妻

短歌・雑

旅に飢ゑ　想ひ渇きて旅路ゆけど
　何にうつろなるわが心あやし

こんにちは、と丁寧に言ひ振り向かず
　早足に行け　もの想はざれ

このごろは汝《なれ》を想ひて　この日またも
　暮れゆくと云ふ日々に慣れたり

ひところは昂《たか》ぶる心　夜もすがら

日記《にき》を書きしが遠き日のごと
鎮魂曲《レクイエム》　何とてはかく想ひ吸はるる
夜しづまればこころ澄みゆく

語れ、若き女……

語れ、若き女よ、汝《なんぢ》が秘密を
汝は己《おの》がこころを　ゆらゆらと羞恥のとばりに
流れただよふその想ひを
問ひただせしこと有りや、否？

あやしくも乱れ悩みて
恨みわび　遠ざかりゆく若者の
汝《な》がために狂ひ燃え立つ望みをも
否めるか　己が心をも？

その花の顔容《かんばせ》　日ぐらし鏡に向かひて
飽かず汝の眺むごと
見しや　夜もすがら己が心に向かひて
狭霧のごと立ち迷ふ　その秘密を？

語れ語れ　さあらずば
汝が秘密は消えさるべし
　秘密とともに
汝の青春も消え果つべし

憂鬱が……

憂鬱が影のように夕闇のように俺の心をひたし始める
俺は思い出す　お前ではなくこの俺のことを
愛するお前のことではなく　お前を愛した俺のことを
　お前のこころを確かめることもなく
　愛されてはいないと思いつつ
かのフランドルの無垢の少年のように
遠いサマリヤの純潔の乙女のように
愁いながら愛する者を離れようとするこの俺のことを
あの頃はよかった、と俺は言う。かの俺の憂鬱は言う

お前の心を知らず、それのみかお前もまた
必ず俺を愛しているに違いないと信じていたあの頃は、と。

——何故にかくは言うのか、おおわが憂鬱よ、俺の心よ
君の恋はむかしの夢だったのか
それは彼方へ過ぎ去ったのか
何故に娘の心を君は確かめようとはしないのか

そうだ俺は思い出す　俺が真に常に愛していた唯一のもの
お前の中の俺、お前に愛されるであろう俺のことを
俺はいつも夢想していた、お前の亜麻色の長い巻き毛が
　俺の胸の中で　やさしく風に揺れるのを
碧玉のお前の眸が　俺の眼の中でしずかに閉じるのを

そういう俺を熱愛していたのだ
　俺が愛していたのは、ただ俺だけだった
それ故、俺は——と、かの俺の憂鬱は言う
俺の愛するものが
　ただ自分でしかなかったならば、俺は今も
　やはり、こう云う自分を愛しているのだと
お前のことを確かめもせず、ただ愛されていないと思いつつ
愁いながらお前から離れて行こうとするこの俺を

愛される俺も
　愛されぬ俺も
共に幻想の己、架空の俺でしかないならば、と。

——この冬の日の晴朗の真昼なか
おおわが憂鬱よ、何故に
君は強いて　かの娘を
忘却の彼方に押しやるのか

だが俺は思い出すだろう
かのフランドルとサマリヤの
　そのかみの幼い少年と少女のように
愛する者の記憶のなかに生きた自分を　この俺を
それこそは　かの夕闇のごとくにも
　こよなく俺の愛するものだから

対話　反古にせるラヴレターを見て所感

その灼熱せる頭脳で何を考へたとしても
お前の言葉は信じられない
　と云ふのも
お前の信ずるものはその灼熱の想ひ――だが、
俺が信ずるのは平静な愛
　穏やかな言葉
つつましい想ひ　抑へられた
情熱だから！
　おお、お前の言葉が火と燃えて
如何に狂ほしく求め、恋ひこがれようと

それ故に信じはせぬ、それゆゑ信じられはせぬ
いや！　信じまい　俺の眼のうちに灼熱せる焔が
如何に渦巻き　燃えさからうとも
お前の、俺の
　この白昼の幻想を

西洋美術館

君の瞳《め》にけぶれる雨の春の色
　朝の上野の肌のつめたさ

銀のいろに濡れし鋪道を傘かたむけ
　物思はしげに君は歩み来《く》

なぜ顔を隠して来たの、と喉もとに
　かかりし問ひを耐へし嬉しさ

束の間《つかのま》は胸熱く燃ゆ　見入りつつ

黙《もだ》せば敷石《いし》に霧の雨降る
回廊に黙《もだ》し　寄り添ひ　ひた眺む
美術館には人影もなき

ドラクロワ、レンブラントと教へつつ
歩むがつらさ　心もあらなくに

絵を眺む君の背後《うしろ》を　ひた見つつ
あやしわが心　君は知らずも

相擁すロダンの像を足早やに
面《おも》そむけつつ　過ぎしわれはも

しづまれる回廊の内　椅子の上の
　ふたりの声の　忍ぶひそやかさ
なにゆゑの　ささやく如き語らひよ
　ひとはも知らず　君も我をも

君の瞳《め》に

ぼくの想ひを誰が知らう？
　君の眸に芽ぐみ柳の
　春風に　ゆらぐさみどり

池の辺《へ》を君とめぐれば
　水のおもに黄金《きん》の光を散りばめて
　岸辺寄る夕のさざなみ

だが何の話をしよう？
　ともすれば君の眸は

雨上がりの　しめった土に落ちゆくものを

答《いら》へなき君のうなじの
眼に沁む肌の　しろいつめたさ
うなじ振る君の耳には
エメラルドいろの石の輝き

言葉なく君とたたずみ
君の瞳《め》の空ゆく雲を
君の瞳に散りゆく花を
ひたに見入れば

ぼくの想ひを

誰知らぬ者があらう

反　歌

語らひの言葉もなくて君とあれば
さくら風吹く　白き面輪《おもわ》に

上野公園

雨上がりの空ゆく雲の君の瞳《め》の
　まばゆさ　ゆらぐわが心はも

耳飾りがいちばん好きと言ひさして
　うつむける耳の緑玉のいろ

寄り添へば　つとまた離る　その面《おも》の
　羞ぢらひ　きつく結びしくちびる

池の面《も》に冬は野鴨の群れゐしを

いまは見えずと　なぜにかささやく

さし向かふ君の眸の　ほほゑみの
　うつつともなし　木漏れ日の下

二人して遠きところへ行かばやと
　言へば答《いら》へず　君はうつむく

君のおもに　水のいろ映ゆ　虹いろの
　魚《うお》らただよふ水族館に

赤き魚　青き魚舞ふ　水槽に
　ひた見入りつつ　君の愛しさ

七いろの魚らかなしも　群れ集ひ
　うつつともなく泳ぎ華やぐ

この花はそめゐ吉野　あの花は
　あれは……と教へる眸のすずしさ

君といゆき語らふ道に　花びらの
　散り敷く夕の　遠き灯のいろ

花影の君の眸に蒼みゆく
　街の空見ゆ　見ればさびしも

さやうならと稚《おさな》く言へる君の瞳《め》の
　若き女の　匂ひのかなしさ

時を知らず　愛《めぐ》し愛《かな》しと思ひしも
　夕さり来れば君と別れゆく

君とし居れば……

君とし居れば
春なんぞ　かくは心のどけき
　千条柳《ちすぢ》のそよぐにも
乱れけむ夢はいつの日

君とし居れば
うららかの陽は蒼穹《さうきゆう》に昏《く》れなづみ
　夕風のすずろに花の散れるにも
想ひ澄みゆく

春とし聞かば
ゆゑ知らぬ愁ひに沈む　われにてありしを

古京（京都追想）

伝六朝渡来観音浮彫像
君の瞳《め》の　やさしさ
飽かず眺むれば
於母影　にじむ夕闇のなか
われ知らず君にもの言ふ
君の瞳《め》の
答《いら》へむばかり　沈むほほえみ
微笑《ほほえ》みの君の羨《とも》しも

千歳《ちとせ》経る
幽暗のなかの白きおもざし
別れ行かば　またいつ逢はむ
観音の沈める瞳《まみ》の
やさしき　そのいろ

浮彫天女古代瓦
ありし日は空の遠みに
はごろもを
ひるがへしつつ舞へる君かも
凶《まが》つ世は　御寺《みてら》　崩《くず》落ち

草に埋《うづ》み
荒寥の原に　君か舞へるらし

君　今はガラス戸のなか　舞ひの手も
はぢらふ如き
やさしき微笑み

羞ぢらひの君の微笑み
あどけなき媚びにかも似る
見れば愛《かな》しも

遠き世の舞姫の君
われ君とともに

舞はましものを　在りし日の空に

糸を紡ぐグレートヘン（シューベルトの曲に寄す）

グレートヘン　壁に影揺る
　君のおもの
さしうつむきて甘き吐息に

片頬《かたほ》照らす　ランプのさびしさ
　ひとり君は
紡ぎ車の響きをか聞く

ふと高く
　やがても沈む夜の響き

紡ぎ車の君の想ひは
うつつにも響く音こそ哀しけれ
　糸繰り車の
胸のときめき

紡ぎ車――
　廻れよ、まはれ君の胸の
想ひ沈みゆく今宵深みに

ファウスト　あだし男と聞くさへも
　恋ひわたりつつ
君の瞳《め》かなしき

枝折《しを》り戸を風の吹くにも胸とどろき
　立ちて見入りし
深き闇の外《と》──

目覚むれば暗き外面《とのも》に
　あやしき音
メフィストフェレスの忍び笑ひか

グレートヘン　君の名やさし
　永劫の焔の闇に
狂ひ恋ひゆく

七つの古代風舞曲

一、思はしげなプレリュード
ますます深みに溺れてゆく
　わが良識と知性――神なき俺の神
神よ教へてくれ、
　俺はいつたい、どうしたのか

二、叙情的なアルマンド
俺はＥｒｉｋｏの声に聴き惚れてゐた
　細く、優しく、愛らしく、明るいその声
おお、だが俺は何を聞いてゐたのか

彼女は何を言つてゐたか
　聞いてはゐなかつた　その声に溺れてゐた
俺は彼女の眸《ひとみ》を、その表情を、微笑みを
　飽かず凝視《みつめ》てゐた　俺の顔に
　ぴつたりと貼りついた　そのマスクは
もはや俺の如何なる意思
　如何なる俺の思想をも表現するのをやめた

それにしても　だが何を見てゐたのか
　匂やかなＥｒｉｋｏの美しさを？　愛らしさを？
見恍《みと》れてゐると思ひはしたが――何が、どう
それほどにも愛らしく美しいのか

見てはゐなかつた　溺れてゐた

三、激しいサラバンド
俺はいつたい、どうかしてるんぢやないか
どこへ行つちまつたんだ、俺の神は？
やつはどこかで昼寝でもしてるんぢやないのか

目覚めよ！
俺をこの惑溺から救ひ出せ！

四、憂鬱なクーラント
なに一つ識別できなかつた　俺の理性は判断を停止し
眼も　耳も　もはや機能を失つた

あら、……ね、……なのよ
　何を聞いてゐたと云ふべきか　語尾と間投詞のみを？
瞳《ひとみ》の中に溺れてゐる　あへぐ
すると更に沈みこんでゆく

　五、物憂げなメヌエット
いかにも　俺もしばしば疑ひはした　神よ
　事実、彼女はそれほどにも美しいか？
無論、そんなことは有るべくもない　巷《ちまた》には
　魅惑の女たちがあふれてゐると云ふのに

六、早いガヴォット

おお、だが誰が？　どの女が？　その誰にも
俺はただＥｒｉｋｏの瞳《ひとみ》を、声を、微笑みを
　見るだけではないか

行き合ふ女のひとり一人に
　彼女の影を見るだけではないか　そのイヤリング、
　ネックレス、ブローチ、髪飾りに
　その伏し目に　白いうなじに？

七、快活なジーグ

否！　俺の神、わが理性よ

（あまり頼り甲斐のない神ではあるが）
当分、お前も俺の面倒は見きれまい
俺の望みはこの惑溺

Ｅｒｉｋｏの瞳《ひとみ》に溺れ、その甘い声音に溺れ
溺れ切る、ただ、その惑溺だけであるからだ

安らかに眠れ、わが神
美《うま》しき夢を
見よ！

☆註：楽曲の用語を使用してゐるこれらのタイトルは、本来の意味とは全く無関係。

単にかうした表題に愛着をもつ作者が、わがまま勝手に付けたものである。
これ以下いくつかの詩篇も同じ。

果てしなきフーガ（追走曲）

嫌ひぢやないのよ、でも……
と君は微笑み、愛らしいその顔を
きらひぢやないわ――傾《かし》げた
でも……と微笑む君は
嫌ひぢやないの――顔をかしげて
愛らしいその微笑みを、でも……？
きらひぢやないのよ、微笑みながら
愛らしい顔を、でも……傾《かし》げながら
きらひぢやないわ、君の微笑み
でも……その愛らしさ

きらひぢやないのよ、かしげた顔の
微笑み、でも……
嫌ひぢやないわ、愛らしく
傾《かし》げて、でも?――微笑む君
嫌ひぢやないのよ、と君は
でも……愛らしい君の
きらひぢやないわ……でも
でも?……嫌ひぢやないのよ
君の微笑み

果てしなきフーガの主題に依る変奏曲

嫌ひぢやないのよ、でも……
と君は、さも無邪気に微笑み
銀のフォークを口に入れた
　薄く曇つた図書館の朝から
陽はやがて　晴ればれと明るみ、次第に蒼みを帯び
　そして、いつしか夜になつた
きらひぢやないの、でも……?
楽しげに君はほほゑみ
グラタンをすくつて口に入れた
公園の噴水の、七色に織りなす光の模様

君はベンチに坐り、やはり無邪気にしやべつてゐた
　三日月の横に――もう星が出てゐる
嫌ひぢやないわ、でも……
微笑む君のあどけなさ
君は澄まして珈琲を飲んだ
　新緑に映えるお堀ばたの道から
次には鳩と花とアヴェックの公園、それからレストラン
そして映画に喫茶店に　いつしかまた公園に戻つたが
きらひぢやないのよ、でも……
そのほほゑみの愛らしさ
さりげなく君はストローを口に咥《くは》へた
　噴水の前には恋人たちの群れ
　ぼくらも　さながら恋人

君の眸にネオンの光が映つてゐる
嫌ひぢやないわ、と君は微笑む
でも――？　その先は必要ぢやない

ぼくらは君の話をしよう
その服はよく似合ふね、そのブローチは象牙？　上品だね
ぼくらは甘酸つぱい話をしよう
今日の君はなんと綺麗だらう、可愛いだらう、と。

ノクチュルヌ（夜想曲）

お前があまりに稚《おさな》いから、
　それとも俺が、惚れすぎているから？
俺の夢はお前の身体をさまよわない
いかにもお前の　のびやかな白い肢体は
なにか得体の知れぬ幻影　宙空の夜霧の月
われ知らず　恍惚の　陶酔の
　甘い悲哀に　俺を誘うのだが

お前のなかには何があるのか
スーツの中の　セーターの下の　イヤリングの　ブローチの

首飾りの下の　お前の　もう伸びきったその身体
しなやかなその手足　官能と羞恥にみちた細い腰
やさしい胸の　ふくらみが？
　憧憬は　悲哀に似る

お前の微笑みがあまりに美しいから
　それともその声がつい夢を誘うため？
おお、俺の夢は　われ知らずお前の声の中にさまよい
言葉は疾うに意味をうしない
うつつなく時は去り　ただ見る夢は
その声のお前の　無邪気な眸とその微笑み
　官能の悲哀か？

夜も更けていく――。

図書館の朝の……

図書館の朝のしづけさ
　微笑み、見交わしながら
君とぼくとゐる

白鳥浮かぶお堀の青さ
　新緑の道ゆく君の
頬の明るさ

風は甘く、陽は優しいが
　なぜ、君とゆく道の

白いまばゆさ
どうすれば　ぼくの想ひを？
　見つめよう
見つめれば　君に羞ぢらひの色
何を言ひ　なにを聞かうか
　意味はなく
さわぐ心も陶酔に似る

ピッコロ練習曲

君は語らず
陽射しの明るいベンチの上で
人々と　鳩と　花を見ている

ぼくは語らず
さわやかな風のなかで
ともすれば　はにかみがちな君を見ている

陽は空に舞い
一瞬、足もとに鳩が羽ばたき

あら！
見交わす君の眼に
一瞬、ほら
咲き匂う一輪の薔薇

バラード（譚詩）

そのうちに、好きになれるかも知れないと云うときは
何か　そんな感じがあるでしょう
　　でも……
そんな感じがしないの

うん（と君は、ゆっくり煙草をふかすだろう）
たとえ（君はすこし伏し目になる）
そうだとしても（君は、勇を鼓して微笑するだろう）
ぼくは――（と言葉を呑む　やがて言う）
君と一緒に居られれば、こうして

付き合っていられさえすれば、君を
　見つめていることができさえすれば――

君らは別れる　雑踏のなか
急激に激しい疲労が押し寄せる君の世界が崩れ落ちる
君は（と君はしずかに言うだろう）
ぼくのプリズム
　君ゆえに世界はまばゆく変転する虹のスペクトル

言葉の虚しさ　君らはいつまで言葉の遊びを続けるのか
プリズムは早くも砕け散った
君の言葉のうつろな響き
　君は別れの準備をする

ロンド（輪舞曲）

L'automne déjà! Mais pourquoi regretter
un éternel soleil, si nous...
　Arthur Rimbaud《Adieu》

（春だ……いまは春——）
　するするすると陽が落ちる
霧雨のちまたに日が暮れる

君は歩いて行く
　君の永い冬眠　いつまで甘い夢

惑溺の巷に陽が落ちる
《それにしても、何故に、永遠の太陽を惜むのか……》
君は決然と首を振る　だが君は知る
（すでに秋！……）　もう日が暮れる

いつまで君の冬眠　永い夢
　目覚めよ
君の行く手に陽が落ちる

　☆註：引用文は、アルチュール・ランボオ『地獄の季節』より。
「もう秋か。——それにしても、何故に、永遠の太陽を惜むのか」

（小林秀雄訳）

ところでそやつは――その馬鹿は……

一、

ところでそやつは、みすぼらしいインチキ詩人、云うに足りぬ奴、つまりはただの馬鹿だった。凡庸《ぼんくら》詩人のなさけなさ！　相も変わらず空や雲、花や女を歌っているが、いまどきそんなガラクタに何の値打ちがあろう。そのさまは、人さえ見れば尻尾を振る捨て犬、追われても追われてもまだ、恨めしげな哀れっぽい声を出す、みじめな犬にさも似ていた。

さて或る夜、その馬鹿は恋しい女の窓の下で、いともセンチメンタルなセレナードを奏でたが――、たちまちその鼻っ先で扉をピシャリと閉じられるや否や、悲嘆のさまは、いっそ見るさえ気の毒なばかり、しおしおと首を垂れ、さも三文詩人の失恋の役割そっくり、どこをどう彷徨《さまよ》い、ほっつき歩いたか、うつつなく果て知らぬ道を歩んで、とある教会の庭にたどりついた。

二、

霧が——いや霧ではなかった。霧のように細かい雨が降っていた。馬鹿は霧雨の下にうずくまり、さてオロロン、オロロンと泣くうちに、ふと、こんなことが以前にもあったような気がした。そうだ、あれはこの教会だった。確かにそうだ、あれは——ちょうど一年前だった。その一年前の霧深い夜、馬鹿は甘い夢想に浸っていた。この同じ教会、同じ庭、姿勢もまるで今と同じ！　してみれば、——俄かに馬鹿のこころは騒ぎ、お預けを喰った犬のように、その胸はときめいた。一年前のその夜には、こうしてうずくまったかうずくまらぬかと云うその時に、そう、相棒が現われたのだ。相手は鐘楼に住む悪魔だったが、ずいぶん優しい奴だった。

ああ！　詩人はうめいた。あの夜は楽しかった。今夜もあのときと同じように、早く現われてくれればよいものを！

三、

その馬鹿は霧雨にぬれ、一心に耳を澄まし、途方に暮れて待っていた。待つことのほかに何が出来よう。だが待っていたところで、どうして会えると云う保証があろう。けれど、とにかく何としても会いたいのだ。このインチキ詩人、悪魔にもせよ他には友達とてないのであれば、いまは無性に悪魔に会いたかった。慰めて貰いたかった。

いや、そのためとあらば今は何でもするつもりだった。たとえこの魂、相棒の手にただでくれてやろうとも、とにかく慰めて貰いたかった。振られ恋愛譚、お粗末の一席、是非とも聞いて欲しかった。

なのにその相棒、待てど暮らせど一向に現われぬ。ことに依ると悪魔の奴、霧深い闇の夜にしか出て来ないのではあるまいか。愚図グズしてると夜が明ける。あせり、苛立つそのさまは、さながら恋人にすっぽかされた逢引き同様。ショボクレ詩人はいよいよショボクレ、見るもしょげて待っていたが、――何ごとも起らなかった。

ヘナチョコ詩人、いまは立ったり座ったり、しきりに高い鐘楼の、がっしりと夜空に突き刺さった尖塔を眺めていた。だが、鐘の音さえ聞こえはせぬ。早くも馬鹿は泣き顔だった。たまりかねてこやつ、とうとうかぼそい声で叫びだした。

「おおい悪魔よ、出てこい！　俺の——悪魔さん、出てきてくれ！」

霧雨は音もなく降り沈み、ケチな詩人をやさしく包んだ。疲労のためか、風邪を引いたか、馬鹿の額に熱がのぼった。次第に馬鹿の眼はかすみ、霧雨も、教会も、やがては自分の手足さえも、——見えなくなった。

四、

そこはいつの間にか水の底だった。どうしてこう云うことになったものだろう？　時おり、紳士ふうの鮫や、レディふうの赤エイがオツに澄まして通り過ぎた。いともなよなよと華やかな——海蛇の——お嬢さんたちがただよい歩いていた。察するにあまり柄のよい地方ではないらしい。一向にまともな魚は見当たらず、日ごろ見慣れた鯛や鰤《ぶり》、秋刀魚《さんま》や鯵《あじ》などは、ただの一尾もいなかった。馬鹿は眼をパチクリ。無論、いくら馬鹿でも到底こんなことは信じられなかったが、――それにしても、どうしてこんなことになったものだろう？

だが、何はともあれ、ぼんやりしていては夜が明ける。ともかく悪魔に会わねばならぬ。その上、よくは解らないが、ここも結構、繁華街らしい。いなせな兄《あん》ちゃんたちや粋なお姐ちゃんたちが引きも切らずのそぞろ歩き。何しろ暗い夜だったから、要所要所の十字路には、チョウチン鮟鱇《あんこう》のお巡りさんがシグナルを明滅させての交通整理。こんなのをポカンと見ていては会えるものにも会えはせぬ。

水底《みなそこ》にもやはり流れはあるらしかった。インチキ詩人、流れのまにまにユラユラユラと昆布よろしく揺れ動いた。

「おおい悪魔よ！　出てこい、出てきてくれ！……」

この馬鹿は、いつまで同じことを言えば気が済むのか。見ればその姿は、いつの間にかタコそっくりではないか。いとも切なげに悩ましく、ツルツル頭にとんがり口、二本の足は岩根に、二本は何やら貝殻らしきものを胸に抱きしめ、さてまた二本は大仰に天にひろげ、残る二本はどうやら泣きべそのサマらしい。クスン、ホロホロ……、目に当てて、タコの眼から涙、さてもいじらしいこと。

「おおい……おおい！　……」

五、

「タコさん……、蛸さん！……」

と耳もとで、ささやく甘い声がした。羞じらいを含んだその声、どうやら恋人にでも語りかけているらしい。このトンチキ詩人、何条おのれのことと思わばこそ、ましてや人の恋路の邪魔立てする気などサラサラなく、初めは聞こえぬ振りをしていたが、どうも――余人ならぬ自分に言っているらしい。

ふと見返れば、天に切り立った岩陰の暗い小さな穴から、熱心にものを言いかけてくる奴がいる。穴の中でガラスのような二つの目玉が光っている。

「タコさん、ねえ、誰を待ってるのよ」

と見て穴の中から、さも恥ずかしげにウツボが上半身をのぞかせた。身体じゅう総刺青。なめらかに光るその肌に、ほんのり媚びが浮いている。その妖しさは夜目にも詩人の心を打った。タコは思わず天に差しのべた二本の手を引っこめて、眼のまわりにメガネをつくった。魅惑にみちたウツボの肢体、その曲線の悩ましさ。

「あたい、あんたと恋愛はしないわよ」

ウツボはすこし身を引いた。

「だって、あたいはまだたくさんの人と付き合いたいんですもの。いろいろ楽しい思いをしたいのよ。だから……でも、お友達にはなったげるわ」

「君は――」

「ダンスしに行く?」とまたウツボは身を乗り出した。

「ダンスや、映画や、ボーリングなら付き合うわ。でも愛を囁いたり、君は綺麗だな、可愛いなって、あんまり言っちゃいやよ。……そりゃ少しならいいけど」

「君は――」

「手を握ったり、キスしたりしちゃいやよ。約束する？」

「ああ、君は――」

「じゃ、行きましょう」

ウツボはするりと全身を出し、さも誇らしげにそのあでやかな身体を、ゆらゆら動かして見せた。

「さ、どこへ行く、タコさん」

「タコ？」

「どうかしたの？　うん？　純情な蛸さん」

タコだって？　ヤクザ詩人は自分を眺め、初めてわが身に気がついた。

「タコだ！　……蛸なんだ！」

「どうしたのよ。いやね」

「でもどうして？　この俺が？……この俺が！……」

「うん」とウツボは甘い声で言った。「何だっていいじゃない？　遊びましょうよ」

身ぶるいして、きっぱりと馬鹿は言った。

「いやだ！」

六、

ウツボは一瞬のうちに消え去ったが、――タコはやはり蛸、ご愛嬌とも言わば言え、羞恥に耐えかねて、馬鹿はおのれの目を覆った。せめては己の目にだけでも、この醜態を隠したい！

われ知らず、詩人はまた悪魔の名を呼んだ。今は悪魔ばかりが彼の救い、生きて浅猿《あさま》しきタコとならんよりは、せめては人間の姿のまま、地獄の劫火にあぶられたい！

「救けてくれ！　悪魔よ！　俺の悪魔よ！」

いまは茹で蛸さながらの、全身に火と燃える羞恥のあまり、タコは八本の手足をすべて拡げ、人目もかまわず揺れ動く水の底をただよい、漂いつつ叫んだ。

「悪魔よ出て来い、出て来てくれ！」

七、

だが馬鹿にも取り得《え》、白痴《こけ》の一念、やはり通じたものか、ひょいと悪魔が顔を出した。見れば海亀そっくりだったが、その顔はまさしく悪魔、大層《たいそう》な上機嫌で、にっこり笑ってこう言った。

「やあやあ、これはこれは。どうも珍しいところで会うものだね」

地獄に仏、いや水底に悪魔。インチキ詩人、これを見るや感涙にむせんで手を合わさんばかり、ほっと安堵の吐息をすると、ヘタヘタ腰を抜かしたが、その口からはブクブクと泡が立ち昇った。

「会いたかったよ！」

と詩人は言った。眼はうるみ、声は震えて、とても聞いちゃいられなかったが、悪魔は聞かぬふりをした。

「何かい。用事でもあったのかい？」

悪魔は無遠慮に、この馬鹿の姿をジロジロ眺めた。見ればその眼はさも嬉しそうに細くなっている。馬鹿が一層、自分の姿を恥じ入るように、思い入れよろしく、首を傾《かし》げて見せさえした。いやはやタコも蛸、お前たるや芸術的なタコだぜ、蛸の傑作だね、どうも！

案の定、馬鹿は俄かにモジモジし始めた。八本の手足を妙に泳がせたり、くねらせたり、遂にはやたらに手と手を一組ずつこすり合わせ、さも切なげにこう言った。

「あの……その……ぼ、ぼくの魂を引き取って貰えない？」

「なに？　その話か！」

悪魔は大袈裟に顔をしかめた。

「いや、結構！　もう沢山！」

「あ、あの……」

「とんでもない。何せ、近ごろは魂も在庫が多くてねえ。何たって不況だからさっぱりなんだ。二束三文だってもう駄目だ。ああ、やめてくれ、やめてくれ。聞いただけでゲロが出るよ」

「いや、その……売ろうって云うんじゃない。た、無料《ただ》でいいから」

「商人だよ、俺は」

「じゃ、その……もう先《せん》、星の首飾りを……」

「あの首飾りはとっくに取り返したぜ。高い取引をするところだったからな。ところでどうだい、そんな話はやめにしてさ、もっと旨い話をしようじゃないか」

　狡猾そうに悪魔は言った。

「話ってえのはこうなんだ。何せこの水底には亡者がやたら多くてねえ。みんなお前みたいな奴らなんだが（悪魔は周りの紳士淑女を目で示した）、――それはそれはいい奴らだぜ、――ただ最近困ることは、ここも住宅難でねえ、気の毒だよ、まったく。でさ、俺は思いついたんだが、お前ひとつ、連中を連れて天国に行ってくれないか。こりゃお前、自分のためでもあれば人助けにもなるんだぜ」

「天国に――！」

「いやさ、なにも死ねてんじゃないよ（と悪魔はあわてて言った）、死なれちゃこっちが――最近、オッと、とにかく死なずにお前、天国へ行けるなんざ、最近こんなに美味い話はないやね」

「でも、ぼくの魂が……」

「天国に行きゃ、救われるに決まってるじゃないかよ」

「でも、ぼくの魂は――」

「解らねえ野郎だな、テメエは」

悪魔はすこし腹を立てた。

「でも、ぼくの……」

「うるせえな！」

「で、で、でも……」

「一体全体、なんでテメエはそんなに地獄へ行きたいんだ！」

インチキ詩人、するとポロリと涙をこぼした。悪魔は歯を喰いしばった。あ
あ！　またか！　一年前のにがい記憶！
「ぼくは――」と、このタコ、さも悄然とうなだれたから、その姿はじつに笑
止極まった。
「どうしても地獄へ落ちたいんだよ」
「だから何だってそう落ちたいか、聞いてるんじゃねえか、この薄馬鹿野
郎！」
「だ、だってあのひとが――、ぼ、ぼくを……」
「ええ畜生、だまれ黙れ、ほざくな！　ええこの野郎、うすのろ野郎！」
悪魔は思い出した。ああ、あの記憶！　地位か名誉かそれとも金を、くれて
やろうと言えば、この薄野呂は星を見たいと言い出した。身の程も知らず、年
甲斐もなく！　星を見せてやれば、今度はそれで首飾りを作ってくれとぬかし
おった、恥ずかしげもなく！　何故にさっさと惚れた女を手に入れたい、女を
寄越せとは言わない。それとも女の心を惹くような洒落男にしてくれとは言わ

ないのか。このヒョットコ野郎めが！　あれは一年前の今日だったのだ。

突如、悪魔は怒鳴《どな》った。海亀の姿は敗れて、忽ち悪魔の本来の形相《ぎょうそう》に舞い戻った。

「どうしてくれよう！　この抜け作《さく》！　そんなに地獄へ行きたいか！」

「も、もしも……もしも」と詩人、震えながら言った。

「て、天国の方がよければ……それであんたが喜ぶのなら……、ぼくはどこでも行く。それであんたが……喜んでくれさえすれば！」

「つけあがるな！」

何と！　泣き出したのは悪魔のほうだった。

タコ詩人は電撃を受けたかのように縮み上がり、遂に悪魔を怒らせてしまったことを激しく悲しみ、はや大粒の涙に暮れて、水底も、悪魔も、わが身さえも見えなかった。八本の手足で胸を掻きむしり、身も世もあらず打ち嘆いて、後から後からと吐き出す墨は、海も、空も、水平線の彼方をも真っ黒に染めた。

「ええ、貴様、恥ずべき奴！」

こんな馬鹿を相手に、かかる愚劣な話を聞かねばならぬとは！　劫罰とは云え、今こそ悪魔も、かつて放逐された天国が恋しかった。

渾身の努力、必死の気合をかけて悪魔は祈った。

「それならば地獄へ行け！」

八、

霧雨が降っている。教会の尖塔は夜空にかすみ、玉砂利の上に馬鹿が一人、うずくまっている。時折、鐘楼の空に張りだした高い梢の先から、大粒の雫《しずく》が彼の肩に、首に、背に落ちかかる。

深い闇、風もなく、葉ずれの音もなく、耳を澄ましたが——地の底から立ち上る陰湿な呻《うめ》きにも似た、——おのれの喘《あえ》ぎが聞こえるばかり。何一つ変っていない。

「地獄へ……」と馬鹿は囁くように自分に言った。だが——（では地獄なのか、ここが？）

地獄だろうか？　何一つ変らず、そぼ降る霧雨の中で、やがてケチな詩人は立ち上がった。凝然と眺める石の上、おぼろに浮かぶ教会の壁——ひたすら天に突き入る尖塔の影。

また永い沈黙の時が飛び去り、詩人はやはり棒のように突っ立っていた。この馬鹿に自覚されることがあろうか。悪魔の、あの呪い。

早くもこのインチキ詩人の目の中に、冷ややかな女の眸が恋いまさる。

（それならば、地獄へ行け！）

そこは相変らず霧の雨——。

ラプソディ（狂想曲）

狂っちまった貴様の歯車
あっちもこっちもテンデンバラバラ
　弾み車はビュンビュン唸り
　錆びたシャフトはギイギイ喚く

狂っちまった貴様の頭脳
どこもかしこも支離滅裂
　はずみ車はビュンビュンうなり
　錆びたシャフトはギイギイわめく

狂った貴様のメカニスム
制御装置はとっくに壊れ
　ビュンビュン　ギイギイ
　ワウ！　ウワウ、ワウ！

狂わば狂え　もっと廻れ
激しくまわれ　更に早く
　ビュンビュン　ギイギイ
　ワウ！　ウワウ、ワウ！

歯車は飛び　シャフトは灼《や》ける
弾み車は阿鼻叫喚
狂わば狂え　廻らばまわれ

貴様の頭脳は火と燃えよ！

マズルカ

いつかはぼくに、いやもう既に
　優しい想いを
いだいてくれると思っていたが
一度は弦《いと》の切れたヴァイオリン
なんとかつないで奏でたが
またもや弦がぱちんとはじけた
何度もつないで鳴らせ得ようか

いまじやカデンツァ　ぼくの恋い歌
だれ聴く者もありはせぬ
はじけた弦が風に鳴つてる
破けた恋のピチカート

麦秋の別れ

愁ひゆく野路はまばゆき麦の青
麦秋はいつ　はつ夏の陽のひかり
　麦の青さに
そよぐ哀しみ
想ひ見る麦に秋立つ日の別れ
ともすれば沈みがちなるわが心
　はても知らじか

長きこの道

わが想ひ燦爛の野路の黄なる花
都にも澄みゆく空はあるらしき
　まばゆき青き
麦もあるらしき

麦青き空わたりゆく皐月風
　愁ふともなし
うつつわが行《ゆ》く

また思ひ返して……

また思ひ返して歩む　かたはらに
　桜草赤きゆふぐれの道

朱《あけ》の花　あかきくちびる　白き肌
　何しかも　わが連想あやしき

夕闇にひとり遊べる路地のうへの
　童女の瞳《まみ》の君のおもざし

おさげ髪　ふとかしげたる大人《おとな》びの

童女の顔は愁ひにか似る
やがて汝《なれ》も　涼しき瞳《まみ》の色白の
若き女とならむ　さびしさ

行きずりの君ならなくば
抱き上げて問ひたし　汝《なれ》は何を愁ふと

妻とせば　この愛《いつく》しき幼な子を
われに与へむ君の恋ひしき

みづいろの　甘き風吹く宵深み
遠きピアノの音色親しも

ピアノ弾く君の白き手　弾きなやみ
　思はしげなる君のわが夢
はなやかに笑ひ過ぎゆく少女らの
　声なつかしき夕闇の夏

―完―

あとがき

この詩集は本書の中で衿子と称されている一女性に捧げられた詩歌集である。だが、収録された詩歌すべてが彼女のために書かれたと云うわけではない。内容的には同等だが、衿子とはまったく無関係な詩歌も数篇ほどは収められている。それ以外はすべて彼女のために書かれたもので、一見したところ彼女とは無関係な作品と見えるものも、じつは必ず衿子への思慕に触発されたものばかり。要するにこの詩歌集は全篇、恋愛詩歌のみで成り立っている。

私はこれらの詩篇を長い間、他人に見られるのは気恥ずかしい、見られたくないと思っていた。だから詩を書く親しい友人たちにさえ、ひた隠しに隠していた。しかし、長い歳月が徐々にその羞恥心を薄れさせ、漸く人目に晒す決心がついたのである。

そうした羞恥の主たる原因が各詩篇の内容から来たものであることは言うまでもないが、他方ではまた、これらの古風な形式、いわば反時代的な作風が羞ずかしかったと云うこともある。これらの詩篇は、ほぼ半世紀も前の作品であるけれど、じつはその当時でさえ、すでに古色蒼然とした作品ばかり、いわばアナクロニズムの集大成といったシロモノであった。

私が詩を書き始めたのは中学生のころ、と云えばほぼ七十年も前のことだった。当時結核で寝ていた私は、蕪村の「北寿老仙をいたむ」を遠祖とし、明治に到って藤村、白秋らに依り一斉に開花した近代詩、わけても朔太郎や犀星や達治、道造、中也など、近代詩の詩人に深く愛着し、惑溺した。しかし他方では永く病床で孤立していたために、詩を書く文学仲間と云うものを持たず、自然、誰も私の目を現代詩に向けさせてくれる指導者はいなかった。私がいつの間にか時代に取り残され、時代に背を向ける結果になったのは恐らくそのためである。

とは云え音楽になぞらえて言えば、二十世紀に始まる現代音楽よりも十九世紀やそれ以前の音楽を愛する人間がたくさんいるように、現代詩よりも近代詩人の作品を偏愛する人間も多いのではなかろうか。私の詩は勿論その亜流ではあるけれど、しかし近代詩の担い手たちに追随することは、私の恥であるよりは、むしろ誇りであると言いたい。

願わくはこの詩集が一人でも多く前記のような近代詩の愛好者の目に触れることを。

この四分の三世紀の間、ただ自分一人を読者として来た私の古風な作品が、彼らの眼に留まってくれることを。

平成三十（二〇一八）年三月吉日

川口顕弘

Ⅱ　優しき歌

献《けん》辞《じ》

ぼくらが二人だけで会うようになってから、今日でちょうど満百回目に当たります。

是非、記念品を献じようと思いましたが、それにはあなたに触発されて、心をこめてぼく自身がつくった詩歌を差し上げたい、と考えました。この『優しき歌』がそれです。

巧拙を問わず、内容を問わず、取捨を行わず、この二年ばかりのあいだに書いた作品を悉く制作順に配列することにしました。

従って内容的にはあなたとは無関係な作品も含まれています。おそらくあなたは、そうした作品にも関心を持って下さるだろうと考えましたし、あなたのための作品だけでは量も少なく、出来映えも貧弱だからです。

また、同じ理由から、ぼくがあなたと会う以前につくったものも収録しています。『優しき歌』以前の作品として併載しているものがそれです。
これ以上は何も申し上げませんが、この記念品、喜んでいただけたら嬉しく
思います。

顕弘

一九六八年九月三十日

桜子さま

君　行き過ぎて……

君　行き過ぎて
こころ　ふつっとちぎれ飛ぶ
舞い上がり、ふっと君の後を追う
ちぎれ残ったこころの
ささくれに冷たい風が沁む
君　行き過ぎて
わがこころ行方も知らず
そを待ちわびてひとり立つ
街はゆふぐれ。

à Sakurako

君　愁ひがちの眸《ひとみ》にして
得《え》知らぬ彼方へ想ひを馳せ
ともすれば伏目せる長きまつ毛に
純白のこころをとざす

落ちかかる早春の夜
新月は君のゆくてを照らし
溶け残る雪のまだらの
凍れる道をゆく

手をのべて
親しき別れを乞はんと思ひしが
君　稚《おさな》き羞ぢらひか
首振りて闇の中、白き微笑を浮かべたり

愁ひ顔なる君の微笑の
身に沁む甘きやさしさ
君　消え行きし暗き戸口に
いつまでか立ち迷ふ？　――わが心。

黒い巨人

黒い巨人、馬鹿でかい奴、俺といつも一緒にいる奴。俺が歩くとお前が後をついて来る。お前の影に包まれて歩く。お前の顔は見えないが――お前はすっぽり俺を包んでいるから――どうしても、何か憂鬱そうな顔つきに思えてならぬ。それもつまりは俺の鏡だろうか。むしろお前の鏡ではないだろうか――この俺が。

随分長い間、俺はお前に怯えていたが、今ではお前が居なければかえって不安でならぬ。とは云えお前は何を考えているのだろうか。そのことが俺をやはり不安にする。俺が放心している時、何も考えていない時、お前は何を考えているか。

まっ昼間、灼けつく陽光のもとに脂汗を流し、汗を拭き、汗を拭いては歩くこの俺に、お前は奇怪な夜を投げかける。馬鹿に暗い夜だ。涼しい夜だ。時々お前の胸に入って息を入れる。奇妙なうそ寒さが俺の心に忍び入る。冷蔵庫みたいな奴だ。ブルリふるえる。クシャミをする。表に出ると——またしてもチカチカと光る太陽、目がくらむ。

お前の心はどこにあるか。お前の体内を探検して歩く。トンカチを持って、そこらここらを叩いて行く。ガランゴロンと音がする、遠くの方でこだまがする。ガランゴローンと云っている。する内、俺は淋しくなる。どうにも居たたまれぬ淋しさだ。とてもやりきれない寂しさだ。オーイ、おおいと呼んでみる。お前の心はどこだよう？　どこにあるんだああ？

お前の周囲はいつも夜だ。フフンなかなかいいセリフだろう。お前を連れて歩いていると、俺もちっとは得意なのだ。手探りめくら滅法、お前の中に分け入って、のっぺらぼうにひろびろとした、お前の夜を歩いていく。ああ、本当の夜ならば、俺もどんなにいいだろう！　けれどもお前の夜空には、星ひとつ輝いていはせぬ。

黒い巨人、今じゃたった一人の俺の仲間だ。

キャベツの歌

一、

キャベツよ
汝、無辜《むこ》の虜囚《りょしゅう》、故《ゆゑ》なき罪びと
もと燦たる陽光のもと、穢れなき土の上に
玉なして生《お》ひ立ちし善良の子よ

まどかなる汝の夢は
嬉々たる食卓に飾られて光放ちし朝露
かぐはしきサラダとなつて
　おいしいわ！　このキャベツ……

歯並び白き口もとに
小さき紅き唇に——

二、

そのキャベツを喰ってやる！
どうだ、この山なす妖怪、昔は知らず
今は変化《へんげ》に魅入られて
八方《はっぽう》無残《むざん》！　エイヤ、ザックと切るほどに
たちまち溢れだす緑の洪水
世界を埋め尽くす征服者、ラッパの音も高らかに

喰へ、喰へ、喰へ、野菜様のお通りだ
ヴィタミン様の進軍だ、栄養は満点だ

さあ、喰ふか、喰はれるか

喰つてやる！　汝　暴戻《ぼうれい》のキャベツよ
非道のレバーと共に喰つてやる
天誅は汝の上に！

三、
あなたの紅い小さな唇では
食べても食べても尽きぬ巨大な山塊《さんかい》
その、ほんの百分の一を食べるにさへ

……日が落ちて
また朝となり
秋も暮れて　やがて春がめぐり
かうして昼も夜も食べ続け
めぐりめぐつて三年！

ああ！
　と、あなたは長いためいき
いつも　いつも　いつも
いつまでも　いつまでも　いつまでも
ちつとも減らないこのキャベツ
こんなでは、あたしウサギになつちやうわ

四、

その化け物を喰つてやる！
喰つてやる喰つてやる喰つてやる
むさぼり喰ひ　しゃぶり喰ひ　ガツガツ喰ひ
舌なめずりして喰ひつくし……
　たうとうあなたを食べてやる
　キャベツの夢を食べてやる

五、

もと小心の、善良の、汝　キャベツよ
嘗て汝は誓ひしか、
　われ、かの紅き唇の中にて死なむ、然らずば——

然らずば、むしろ変化《へんげ》となって
喰らふ者をば呪ひ殺さむ！

いとしきキャベツよ
いかなれば宿命は汝の友を江古田へ、
汝を椎名町に売り渡せしか

無念！　今は何をかためらふべき
　汝の上に立ち昇る
　妖気、雲霓《うんげい》、紫電の渦

大皿の上に載せられて
　さても汝はわめきしか
　喰はば、喰へ！

六、

あはれキャベツよ
汝の　いとやさしき心根を知るゆゑ
汝の涙を知る故に
　このキャベツ、江古田の許にぞ送らんとこそ思ひしなれ

されど
汝を喰へとのたまひしは、かの江古田の君なり
何条喰はざるべき、許せ！

七、

喰つちやうぞ、喰つちやうぞ
何が何でも喰つちやうぞ
　汝と共に汝の夢も
　可愛い江古田のお嬢さんも
　花びらの如き唇も

喰ふ！　今は
それこそわが掟、汝の宿命《さだめ》
瞑《めい》せよ、いつの日か、汝の夢は汝に帰らむ
汝、いとしきキャベツよ。

キャベツを食べる歌

キャベツを食えば
あなたを食べる
キャベツの中の、あなたを食べる

ぼくは毎日せっせと食べる
朝から晩まで飽きずに食べる
目尻を下げて　おいしく食べる

食べても食べてもキャベツは尽きぬ
あなたの味は食べても飽きぬ

けれど想いはますます募る
すずしい香りはあなたの心
輝く露はあなたの眸
清らかな葉はあなたの肌だ

急いで急いでせっせと食べる
キャベツ甘いかしょっぱいか
舌に残るは恋しさばかり。

傷心の人（ためいきの歌）

ためいきの好きなぼく
肩を落して重い吐息
さもいつやらのテレビドラマの
愁ひに満てる主人公、恋か正義か板挟み
嗚呼！　とぼくは云ふ

暗くしづかな声色《こはいろ》は
聞くさへ涙、雄々しくも叡智に満ちて
人生、そは疲労の所産！

涙涸《か》れし眼に、虚しくも人の世の真実を見極めたりな
さればこそ重かりし吐息ひたすら
憂愁の人、苦悩の人、諦念の人
その人！　即ちぼく

伝説のドラゴンさながら
日も夜も
紅蓮《ぐれん》の吐息をぞ撒《ま》き散らしつつ歩むとか。

すきとおった月の下……

すきとおった月の下
銀のエエテルに包まれて
——お前が歩くと夜光虫の海を行くようだ
ちらちらと足許に光ちりばめ——

もくもくとお前は歩む
もぐもぐと口が動いてる
（読唇術で聞いてみようよ）
《これからは……
これからは荒寥の夢

これからは頽廃の日々……》

空はボウッとけむり
足もともやっぱり銀河だ
　そうだ宙空を歩いている
　夜空の中を歩いてる

銀のエエテルに包まれて
お前が行きたいのは　あの暗黒星雲
《これからは荒寥の夢……》

こう、ぼんやり見ていたら……

こう、ぼんやり見ていたら
奴め、だんだん蒼白く
あおじろく　とうめいになって行き
消えちまったが、残るはまっさおの空
まっさおさおの空だ
はあ、器用なものだと感心して見てた
すると今度はその空がだんだん赤く

あかく、ペンキで塗りたくった血の色
あかぐろく、墨と赤インキをぶちまけた革命のビラの色
　　かがやかしい不吉の色に染められて……

それから奴がまた現われた
奴め馬鹿に不景気なツラだ

ぼんやり見ていたら
天の一角から降りてきて
こんちわとも云わず、またもぐりこんじまった。

水底恋慕

ねえ、どうしたの？　何かあって？

寒いんだ、この深い水の底に
白い魚がふわり、ふわりと行きすぎる
俺はこうして堅い岩根にしがみつき

みずの底？　白い魚？

そういうお前の声も
ゆらゆらと光る波紋も

俺には遠い水の上、高い天井から
あなたは夢を見ているのね

ああ何と優しい声だ
娼婦のように　やわらかく
不貞の妻のように　いたわりの深い声

さあ、もう水の底から出て！

それから？
いや俺はいつまでもこのいかつい殻に閉じこもり
白い魚を望んでいよう、冷たい水にふるえていよう

やがて、しずかに俺の身体が腐って行き
ぶくぶくと小さな泡を立てながら
ゆらり
　昇天するまでは。

変　身

或るとき、カビの生えちまった脳天に巣喰うダニの寝言か空耳か――それともどこやらのうらぶれ狸が人をペテンにかけたのか。

耳もとに俺はボソボソとささやく声を聞いた。それは、どこか遠い山寺の、読経の声によく似ていた。いや紛れもなくお経だった。……モナク……モナク……モナシ……モマタナシ……。

しつこく、執念深い声だった。馬鹿に暗い夜だった。とうとう誰も来ない。べそを掻きながら俺はその声に唱和して繰り返した。無明モナク、無明ノ尽クルコトモナク、乃至《ナイシ》老死モナク、マタ老死ノ尽クルコトモナシ……。

ふと空電に妨害されたラジオのように、声はぴたりと聞こえなくなった。代って雑音と発振音とが聞こえ始めた。二千サイクルぐらいの音だ。変調音だ。耳鳴りがする。

雑音は止んだ。気の遠くなるような沈黙の間、俺は一心に耳を澄ました。荒れ海の難破船が、どこかからの応答を必死に待ち望むように。

すると先ほどの声が、お経をやめてこう云った。今度は甘ったるい猫撫で声だった。

汝　薄明ノ囹圄《レイゴ》ヲ出デテ何処《イヅコ》ニカ行ク
　愁ヒ焔々トシテ狂者ノ幻影ノ如シ

誰のことを云ってるんだ！　思わず俺はたじろいだ。囹圄と云えば浅間《あさま》しいあの恋慕しか思い当らぬ。とは云えそれが薄明だったとは！　もう三月、四月、五月、俺は何をしていたのか。

　その囹圄とやらを抜け出して（いつ追ん出されちまったものだろう）ふらふら俺は歩いていた。辺りは火の海――狂者ノ幻影と云うのももっともだ。

　息を殺して俺は次の言葉を待ち受けた。誰のことを云っているのでも、誰がしゃべっているのでも、もう良かった。やがて予期通りダニかペテン狸の奴、遠い地の底から、ますます甘い声でこう云った。

斯《カ》ク憧レモテ行ケド汝ノ行手《ユクテ》ニ何カ有ル
足下《ソッカ》ニ堅キ大地モナク揺レ騒グ大波モナシ
死モナク生モナク一切　縹渺《ヒョウビョウ》タリ

ウフフンと俺はさも苦っぽく笑った。そうか！　ウフフン、うまく云いやがる。いや段々嬉しくなって来た。ウフフン、ウヒヒヒ。益々嬉しくなって来て、果ては背中の皮の辺りまでウヒ、ウヒ、ウヒと笑いにふるえた。

だが声はもうそれで終りだった。待ちかねて、地団駄を踏み鳴らしても、キリキリキリと牙を噛み鳴らしても、それきり何の物音も、もう聞こえなかった。――その後だ。何か不吉な異変が感じられたのは。初めは地震かとさえ思った。ムズムズムズ……足の裏からスネの裏を通り太腿のうしろを抜けて……ゾロゾロゾロ……青あざの残る尻を経て、背中へ、脳髄のてっぺんへ……地鳴りが、いや無数のダニが這い上がっていく。

俺は眼をつぶっていた。じっとしていた。必死に我慢した。我慢した、我慢した、我慢した、ああ！　眼は、はやうるみ、口はしどけなく下に垂れて、三たび、四たび、全身に電流が走った、ああ！

　ヒッヒッヒッと俺は飛び上がる！　もう我慢もヘチマもあるものか。見給え、とうとう巨大な一匹のダニが出来上がる！　そうして俺は駆けて行く、流星のように駆けて行く！

　おうい、おういと俺は叫んだ。娘たちが立ち止まる。その身を引き裂き、噛みしゃぶり、蹴散らし、蹴散らし……

　焔々トシテ……

　走った！　薄明の囹圄を出でて——鮮血の情痴の中へ。

海景抒情

ゆふぐれ　燃え上がる腐肉が
鬱金色《うこんいろ》の大海の中に沈んで行き

一瞬、おほぞらに舞ひ立つ水泡、百千の黄金《きん》の鳥

立ちこめる死臭のなか
巨鳥《おほとり》は黒き翼を拡げ

むらむらと立ち昇れる怨霊《おんりょう》　雲間《くもま》に散華《さんげ》する一閃《いっせん》

海は、轟きやまぬ腹中になべての生を喰らひ尽くし
やがて、つめたい銀の髑髏がしづしづと空に昇り行く。

自己紹介（大法螺の歌）

この吾輩
声は黄色く尻青く
腹は黒いが眼は白く

一息に飲むビール三千樽
自若として動ぜず反吐《へど》の中
あたかも泡沫の有磯《ありそ》に戯むるがごと

人と交はるや
頭《づ》は高く背は低く

口はでかいが気は小さく
人われを法螺貝奏者と云ひけれど
誰しかもわが貝の音に踊らむものぞ
虚しき法螺の音は、ただ白痴嚇《こけをど》しには過ぎざりけり

みづから称して愚者
謙譲のこころは更に無けれども
たれ顧みる者無ければ詮方《せんかた》なさに

身は貝の音と化して
蹌踉として迷夢の巷
渺々たる痴呆の街を行《ゆ》く。

☆註：この詩は当時構想してゐた第二詩集『戯詩歪人伝』の掉尾に置かるべく作られた詩。但し当該詩集は完成せず、中止。

ちなみに第一詩集『ナルシスの幻影』もまた、内容はほぼ完成してゐたにも拘はらず未完のまま中止された。理由は肝心の完成詩稿が友人の手許で紛失したこと、そして更に大きな理由は資金難だつたことに依る。

そのころ私はいまだ結核で病臥中、二十歳前後であつた。家は貧しく、詩集の出版など、到底夢想だに出来ぬありさまだつた。

朝だ！　ピリポッポ……

朝だ！　ピリポッポ……
空色の山道を、ぼくは笛を吹きながら歩いて行った
足もとから、谷底から、立ち昇る爽やかなミルクに乗って
ピ・ピ・ピ、チリチリチリ……
小鳥たちがついて来た、ピリポッポ！

峠を越え、尾根を伝い
亀裂《クレヴァス》も何のその――眼の下は不滅の氷河――
ピリポッポ！
銀のフルートを吹きながら歩いて行った

エーデルワイスもコマクサも今は遥かに――
底の底！　天に突き刺す山嶺《さんれい》も
ピ・ピ・ピ、チリチリチリ……
足跡の下に溶けちまった

かくてぼくは歩いて行った、小鳥と共に
ハガネ色なす成層圏、綾なす虹の電離層、
――時々、鎖の切れた犬どもが
ポカリ、ポカリと漂っていた

ピリポッポ、ピ・ピ・ピ、チリチリチリ……
惑星系を超え、銀河系を越え

アンドロメダさえ行き過ぎて
歩いて行った、どこまでも！　ピリポッポ！

序詩

（かつて「戯詩歪人伝」と題する詩集を計画していたおり、
その劈頭を飾るべく用意されたもの。同じく掉尾に置くべき詩、
「自己紹介――大法螺の歌」と首尾照応の為に作れる詩）

かねがね　諸天才はさておきボンクラ詩人どもの
さても見るに耐へざるゲテモノばかり書きをることよ
カンラ・カラカラと打ち笑ふこと五十年

さてよくよく考へてみたらば
――鬢《びん》に霜置くこの年齢《とし》に――
情けなや憂き世の汗にうらぶれて

蹴つまづいたらこの世はチョン
たれ思ひ出してくれる者とてなく
アーメン・ダブツの声もろとも、根つきり葉つきりこれつきりだ

どれ、そのボンクラどもと較べてさへ
月とスッポンの、そのまた臍のゴミにたかるシラミ一匹
ぐらゐの差はあるが、――これとて自惚れ――
吾輩も一巻の詩集をものにせん

どうせあの世ぢやボンクラどもと等しなみ
照魔の玻璃《はり》に据ゑられて、有ること無いこと自白の末
五枚も六枚もある舌を引つこ抜かれるが身の定め

されば悪運尽きぬ内に
われまた白痴《こけ》の白痴脅《をど》しをご覧に入れてくれようず
賢明なる読者と共にテメエを酒の肴にして
ヘンラ・ヘラヘラと打ち笑ふもまた一興

と考へたのが遅く云へば
聖なるこの詩集
刊行の理由に御座候
　頓首再拝あらあらかしこ。

蝙蝠

しとしとと降る雨の中
蝙蝠は黒い翼を

どこへ行つたらいいかなあ
眉根を寄せて――かうすると
すこしは悲しさうに見えるだらう？

黒い翼をちよつと拡げて、またすぼめた
だつて、どうしたらいいだらう？

けぶるやうな雨にまじつて
ささやく声が天から落ちて来た
飛ぶんだよ……高く飛ぶんだよ！

ああ、そんなことでは何の慰めにもならぬ
この白つぽい梅雨の空
どこへ飛んだらいいだらう？

ぼくは――と蝙蝠、何をどうする術もなく
かき暮れる雨にまじつて身も細る！

雨はいつやむとも知れぬ
うそ寒さ

蝙蝠はまた、さも悲しげに身をゆする！

汽車ポッポ

モクモクモク……汽車ポッポ
むさい煙だ。まっ黄色

コトコト走る、大波の上、霧の中
キラリ光るレールの上に

はらはらと死体の雨が落ちかかる
はらはらと――音もなく

首のない胴、ちぎれた手

カッと眼をむく禿げ頭
若い娘のくろかみは
　――根っこが血だらけ――
オモチャの汽車の信号機。轢死者の
ナムアミダブツのそよ風に
ふわりふわりとなびいている
そよろそよろとなびいている
乗客たちは居眠りだ
わけてもぼくは

スウスウと可愛い　いびき
ビー玉遊びや鬼ごっこ

どこへ行くのか　ちっとも知らず
――どこへ行こうと勝手だが――

昔の日々を夢見てる
ジャリジャリ・ゴトン！　また一つ

憤怒の形相すさまじく
バラリの首が空に舞う

そうとも知らず――うるさいな
なんてガタピシの汽車だろう――
そいつもちらりと思うだけ
寝返り打ってスウスウスウ
　かわいい　いびき！

何だかひどく……

何だかひどくガックリして
月夜の街を歩いてゐる
探偵《いぬ》どもが消えつちまふと
もう張りつめた気力も尽きた
疲れた足を引きずり
くたびれた影を引きずり
……ただ訳もなく歩いてゐると

このわが身にさへ思はれるものを

月よ、ディアーヌの姫よ
いつしんに、お前に向つて歩いてゐると
どうして奴らに知れるだらう、あんな奴らに！

犬どもの叫びは空にみち
一滴の涙だけが天に落ちて

輝いてゐる――しらじらと
ああ！　星降るともなき夜に凍りついた一しづく

気力も失せてぼくが歩むと

月読みの姫よ
　お前がぼくの導きの星

☆註：「月読みの姫」＝月読命（つきよみのみこと）。日本神話では天照大神の弟だが、ここではローマ・ギリシャ神話のディアーヌ（アルテミス）に準じて、女神として いる。

走るのだ、さう決めてから……

走るのだ、さう決めてから
走り出した、ぼくは。――風を切り
身を切り、硬質の大気を引き裂いて
嵐のやうに走りまくつた。もう
怖るるものは何もなかつた

まつすぐに拡げた双の手は
まつくろの吹きすさぶ翼
かつきりとそらした胸は光る切つ尖《さき》

くらげなす悔恨を切り
爽涼の愁ひを憎み
まつしぐら！　見よ紫電の空に天駆ける

走るのだ、ひたに信じた
あのねばねばとした泥の中
淫靡の風に洗はれた生あつたかい霧の中
眼は黄色、顔は土色の亡者ども
そんな奴らは棄てるのだ！

神なくば神ともなれ悪魔なくば悪魔ともなれ
亡者どもを切り悪魔を切り神を切り
ただ突つ走れ！　闇の中を

ひた走る、ぼくは巨鳥《おほとり》。

とめどもなき羞恥……

とめどもなき羞恥いささか無恥に似る
わが心なき戯言《たはごと》の
焦慮せる破廉恥の
とめどもなき冗舌阿諛《あゆ》に似る

なじかは必死の想ひ耐へ難くして
かくは辱死《じょくし》無残の妄言を逞しうせんものぞ
矢も楯も堪らず無残！
羞恥の想ひ耐へ難くして

あはてふためく　わがあはれ
泡立つ想ひ　あなあはれ
――時過ぎて
わが羞恥は、はや無恥にかも似る

たとえ日がな千日……

たとえ日がな千日、悔悟の涙に暮れようと——、来る朝は髪もおどろにヨヨと泣き伏し……、夕されば尻尾を巻いてしおしおと掻きいだく氷の枕——、
そんな涙はクソっ喰らえ！　俺の涙は役に立たぬ。

よみがえる酷烈の夏
滂沱《ぼうだ》の汗にうちふるえ
お前は仰いだ草いきれの中
またたきもせず、またたきもせず
見つめた！

ぎらぎらと眩む太陽、めくるめく日輪
おお、お前の先祖を！
するとお前の双眼から、全身から
ありとある液体どもが蒸発した

絶叫した！　狂いまわった！　あの俺は。
先の想いはどうともあれ、たった一瞬でもそんなことを気にかけたのか？　ウジウジ　メソクソと人の軒下を這いずりのたうち、右や左の旦那様と、震える声で云おうとも――。

真輝く白日の下
牙を剥き、歯を噛み鳴らし
お前は吠えた！

うおおう！　うおおう！
打ち勝った！
傲然たる渇いたその眼に
二つの太陽が照り輝いた

襲いかかった！　飢える狼の如く狂犬の如く痩せっぽちの蟷螂《とうろう》の如く。血祭りはまず、この己ではなかったか！
舌舐めずりして喰いちぎった。みじめったらしい心臓の、まだ生あったかくヒクヒクする奴を、恐怖もろともゴクリと呑んだ。ああ、その気分！　奔流の如く噴き上げる血をすすり、俺はますます血に飢えた。

あれも、白日の幻想だったのか。ではこのウジウジ　メソクソの、卑しい悔悟だけが本物だとでも？

失せろ乞食め！　この薄汚い奴め。誓って、誓って、誓って昔日のこの名にかけて、貴様如きは絞め殺してやる。

俺の悔悟は板につかぬ。この忌まわしい仮面を剥ぎ取って、世の良心くさい奴輩《やつばら》にくれてやる！　卑怯者のパン、臆病者の安酒、こんな穢らしい食い物は「神」の許に消えっちまえ！

さあ、高らかに吠えるのだ。まっすぐに首を上げ、冷えたその眼が光るのだ。悔悟？　そんなものはどこにもない。

あまりに甘い……

あまりに甘い夢だつたため？
めざめたことさへ信じかねて

だが夢の続きであるならば
何ゆゑのこのうそ寒さ、舌のにがさ？

ああ、夢見る前の遠い幸福
そんなものがあつたのか

翁草《おきなぐさ》はそこかしこ、辺りいちめんに首をかしげ

その優しい白いうぶ毛に口をつけ耳を澄ますと
ふるへる波ガラスの陽炎の中から
うつつとも日ぐらし閑古鳥は鳴いてゐたつけが……

ゆめよ、覚めよ。と力なく云ふにも
それさへゆめの中ならば……

ゆめよ、さらば立ち返れ
ゆめの内なる眠りの森の
　夕陽の下に眠れかし。

きのうの夢は……

きのうの夢はキラリの夢だ
微笑みかけて
「ねえ、いつもあんなに駄々っ子だったの？」
微笑む君の双の瞳《め》に
キラリと光った露の夢だ
微笑む君の双の瞳《め》に

むかし恋した女のひとにも
あんなに……
ひどく無理を云ったの？

「ねえ、教えて！」
みはった大きな眸《ひとみ》から、光るまつ毛から
ポロリと落ちたしずくの夢だ

泣き笑いの君の
瞳《ひとみ》の底にひろがる都会の空

ひと気なきデパートの屋上の
怪物の如き遊戯機械の
　この荒涼たる沙漠の空に

ありとしもなき恋の戯れ。

秋風の歌

秋風だ
ヒョウロクダマが歩いてる
　ふわふわ、ふわふわ歩いている

朝顔は忽ちしぼみ
うら枯れて乏《とも》しく下がる
　黄ばんだ葉っぱがちぎれてる

ヒョウロクダマはやけになってる
銀線を響かせて木の葉が散る

彼の心もパラパラと散る

南京ハゼの青い実が
夢の中で鈴を鳴らす
ヒョウロクダマも鈴を鳴らす――ちっちゃい奴だ

風船玉がパチンと弾ける
つめたい風の中で
ヒョウロクダマはべそをかく

秋風が立つ、鈴が鳴る
頭が、シンと沈んで行き
南京ハゼの赤い葉がハート形に散る。

伐沙羅《ばっさら》大将孤独

伐沙羅大将、ブン！　ブブン、ブン！
悪人退治にお出ましだ、ブン！
百鬼夜行の妖しき宙宇
鬼火飛び交う変化《へんげ》の巷
　バッサラ、バッサラ、ズン！
足音高きお出ましだ
威風堂々お通りだ、ズン！

岩根小暗《おぐら》き背信の洞
瘴気こもれる姦淫の沼

一角獣に三角野郎
一つ眼小憎に三つ眼のお化け
　バッサラ、バッサラ、ズン！
大将様の御光来
逃げるが勝ちだぞ、ビュン、ビュビュン、ビュン！

行けども行けども影一つなく
伐沙羅大将ひとりぼち
利剣秋水一尺《いっせき》の間《かん》
孤影寂《せき》として他に何か有る
　バッサラ、バッサラ、ズン！
あまりさびしさ
こっそり天魔になっちゃった。

感傷独白

雨が降っている――淋しいと云うのではないが
屋根に音がする――しみじみと、さびさびと

雨の音を聞く――空白の心
風が戸を叩く――ぽっかりと開いた心

台風が過ぎて雨が降る
遠くでネオンの灯も消える

ぼくは呼んでみる――感傷と云うのでもないが

ひそかに呼んでみる――さくらこさん！　桜子さん！

今日別れたばかりと云うに
もう遠い昔のことに思われる

固く閉まった扉の向うで
するするとあの子は遠くなっちまった

それがつらいと云うのではないが
雨が降る――ぼくは雨の音を聞く。

救急車

うううわう・わう・わう・わああ・うああう
救急車が走る、サイレンが鳴る
一斉に軒々から飛び出した大観衆の中
あをじろい主人公は
しづしづと（千両役者さながらに）
……しづしづと　よろめき歩む
屈強の若者たちに囲まれて

再び走る救急車
ううう・ううう・ううわう・ううわあう・わう

警笛が鳴る、タイヤがきしむ
青白い水銀灯は底知れぬ闇につらなり
一斉にうづくまる車どもの中
　夜空をつんざいて悲鳴が走る
　傷ついた野獣が走る

時をり、揺れるベッドの上で
病人がパチリと眼をひらく
その眼の前を影絵のやうなビル群が流れて行く
うおおおう・うわう・うわあおう・わう・わう・うおう
サイレンはいつまでも脅迫の叫びをあげ
　あをじろい病人は
また昏迷の内に沈みこむ。

病人は気が……

病人は――気が触れたんじゃないか何の病人！
固唾を呑んで夢見てる
高熱に浮かされた十日、幻にでも見たんじゃないのか

　妖精のように、つい三時間ほど現れて
　またフイと消えちまった

病人――ああ！　解ってる、ニセの病人、その彼は
いっしんに、いっしんに夢見てる
ただの妄想、ありとしもなき幻、束の間の主縷言（原文ママ）を

　輝く白い肌のつめたさ
　おずおずとまた引っこんじまったが
病人――えい、このインチキ病人！
何で捉《つか》まえちまわなかったのか、逃がしたか
偽りの高熱の中で、お前は偽りの夢を見たのだ

十年来の……

十年来の堅い志操よ、非情の意思よ
お前はどこへ消えたのか？
どこであろうと、ふらふらと、さまよう男を
あれほどに憎んだ　あのお前は？

ああ、吹きすさぶ氷雪の中、
俺の頭は輝くばかりに澄み切って
遂には結晶と化したのだ
男でもなく、人間でもなく、まして情痴の影だにも

今、雪原の下に緑が萌え
俺の心に光が燃え
よみがえる永遠の春
あの冷ややかな結晶は溶けて行き……

そしてお前は成り下がったか？
堅い志操も非情の意思も
単なる仮面だったというように
ふらふらと、どこへともなく　さまよう男に！

ああ！　だがあの暗い吹雪の夜
俺の見たものは灼け切れる夏
その意思も志操も一瞬に

飛び散る火花、雷《らい》の一撃！

今、偽りの仮面を棄てて、
むかしの俺が現われる
光り放つ氷の下に
　絶え間なく抑え続けた、あの俺が。

洒落た唄

ドグマのアクマだぞ、俺は！
人を食べちゃうぞ、俺は！

無知な奴輩《やつばら》、可愛い娘
ドグマのケムに巻かれる奴は
何でも食べちゃうぞ

ドグマの悪魔だぞ、俺は！
人を食べちゃうぞ、俺は！
マルクス先生にゃ及びもねえが

悪魔のケムを信ずる奴は
誰でも喰っちゃうぞ

ガリガリ　ポロポロ、涙だ　ホッホウ！
バリバリ　ポタポタ、熱い血だ　ホッホウ！
皿はシャレコウベ、フォークは肋骨《あばら》だ　うまいぞ　旨いぞ
俺はドグ魔だぞ！

食べられる奴、可愛い奴
嬉し涙をこぼしてござる
信じこむ奴、無邪気な奴
赤い血、熱い血を流してござる

俺はドグマだぞ、ウゥッフッフ
俺は悪魔だぞ、ウイッヒッヒ
　ついて来い、ついて来い馬鹿者ども
　ついて来い、ついて来いお人よしども
バリバリ、ガリガリ、メラメラメラ
地獄の炎はもうすぐだ、ウワッハッハ！

―完―

＊「優しき歌」以前の詩歌＊

ラ・カンパネラ

カラン、コロンと鐘が鳴る
ぐゎらん、ぐぉろん、カラン、クヮラン、クォロンと鐘が鳴る
カラン、ぐゎらん、コロン、ぐぉろん
と耳の奥で鐘が鳴る

カラン、カ、カラン、ぐゎ！
ぐゎらん、ぐゎら、ぐ、ぐゎ、ぐゎらん！

アパピレプリキキククヮクヮラン、ぐゎらん！
キキキキリキリパ！　パ！　ぐゎらん！

アパパ、ピパ、ピッピリピリキ！
グヮーン、ぐゎらん！

いつまでも、いつまでも鐘が鳴る
いつまでもいつまでも、いつまでもカラン、ぐゎ、ぐゎらん！
耳の奥で、ぐゎ！　カ！　ぐゎ、ぐゎ、カ、カ、カ
ぐゎらん！　カラン！

狂ひやすい……

狂ひやすいこの心
泡立つこの心
　いつの日か
わが心　鎮まれるを

わが顔の、安らぎの、やさしさの
荒れ騒ぎ、狂ひ立ち、果てはバラバラに崩れ落つこの心と
　共にあるは
何ゆゑか？　おお何故に顔引きつり、おも歪み、呻かざりし？

放心の夢
恋の夢
　抑へよ
いつの日か、わが叡智の夢を

その哀れっぽい……

その哀れっぽい媚びは犬のごとく
その惨めったらしい眼の色は乞食の如く
人もなげなる酔ひどれの
　屈強の男らに囲まれて俄かに酔ひ覚め果てし心地
たばかられし兵中の心地

詮方《せんかた》なきや恨みの相手こそは己《おのれ》ばかりなれ
わが所業《しょぎょう》、いまさら返すすべなければ
　悪びれて遠夜《とほよ》の月に吠ゆる狂犬のごとく

ぐおう、ぐ、ぐ、ぐおう！
ぎゃおう、ぎゃ、ぎゃ、ぎゃおう！
いたくも啼きけるかな、泣き、喚き、吠ゆれど
如何にせむ　わが唇ふたぎ
ただ洩る重き吐息の
　しづかなるわが独り夜を裏切るのみ

わが退廃の心には……

わが退廃の心には
　生活、未来、野心、金
思慮のすべては要らざる長物《ちょうぶつ》
　恋や夢想や音楽の
無用の甘き慰め草、役にも立たぬお楽しみ
恥だに知らぬ浮かれ女《め》の
その日暮らしの生業《なりわい》こそ

さはれ媚薬のわが想ひ
行方さだめぬそぞろ歩き

うつうつの懈怠《けたい》の夢の
ふと、風に舞ひ散る花びらにも
一蹴に白け覚めはつ時こそあれ

あはれわが媚薬は如何に、いづくにぞと
うろたへて心せはしく求むれど
そも媚薬なればとて呑み干せしは何?
うつろの瓶子《へいし》そこかしこ
　倒れ散らばり、あるは砕けて
白日に残骸いたくも映ゆるかな

わが憔悴のこころには
　恋も夢想も音楽も

うつつなに過ぎ行く「時」の
まつさかさまに奈落の底へ堕ちてゆく
　こころ切なき歓びよ

げにも悲傷の極まれば
この身あれども無きが如く
このこころ、ゆららゆららと漂ひて
歓楽の極みに似たる酔ひ心地
媚薬なければ如何にせむ？

酔ひ覚めのわが心
うつろなる瓶子《へいし》を玩弄《もてあそ》びて
　まだ冥界の入り口にはなきか

覚めぬればカンラカラカラと打ち笑ふ赤鬼青鬼
引つ立てて我をしも閻魔の白州に連れ行かむと思ふほどに
こはさに非ず、白日空瓶を照らすのみ

今は何をか頼むべき
物憂げに立ち上がりて
われ、人と共に歩まんか、我もまた？
退廃のわが心、やがてもまた
媚薬の酒にめぐり逢ひ
痴れにぞ痴れて酔ひつぶるるそのときまで

テメエの涙は……

テメエの涙は空涙
テメエの恋は偽の恋
テメエがテメエにうつつを抜かし
テメエ勝手に悩むのさ

テメエの可愛さ、いとほしさ
惚れた女を前にして
可愛い可愛いと言ひも暮らし
じつはテメエが可愛いのさ

く、くる、くるうと鳩が鳴き
く、くる、くるしいようとテメエが泣く
く、くる、くるパアだようと人が喚く
く、くらくらと眼がまはる

テメエが回り、世界がまはり、
恋しい女も輪になつてまはる
アビニョン橋の上で輪になつて踊ろ！
みんなテメエが可愛いのさ

逢引き

今日もまた重い心
静かな愛の夢の中で
降るともなく晴れるともなく
時折は薄日に映える梅雨空の
しめやかな酔ひ心地

沈む心の、伏せた眼の
おお、かのもの狂ほしき恋の記憶
沈む響きの
穏やかの

わが声のそらに流れるは！
やがては忘れようと言ひ
忘れるまでは付き合って欲しいと言ふ
その声の、穏やかの、沈む調べの
物狂ほしき錯乱の夢
わが狂執の重きこころを！

俺の心はガランドウ……

俺の心はガランドウ
俺の頭はカラッポウ
　真夏と云うに
寒々しく風が吹き過ぎる

俺の心はそんなに広々しているか
俺の頭はそんなにでかいか
　量りかね
その頼りない空間を思うばかり

茫々と草が伸びている
蓬々《ほうほう》とその草がなびく
　汗水垂らして
テメエの頭と心を掴まえようとするばかり

ガランドウなるわが心
カラッポウなるわが頭脳
　途方に暮れて
のっぺらぼうの広さの中に立ちすくむ

みづ

したたりゆく
　したたりゆく水の
つぶらなる珠玉の透青
　泡立つ水
　走る水
　たゆたふ水
　放下《ほうげ》の水

ゆらめき、ゆらめく陽の反映
真青《まさお》なる水底の玉石の

色青き魚ら集へる水藻の
何にかわが哀しみを告げむ

滴下するしづく
また葉末に露なし
光輝き
刻一刻にふくらむ――ふくらみ
葉末重げに垂れ
おののき……
極まりて奈落へ落つしづく
紅色なす汝が肌《はだへ》に
放心せる男の顔は映らずや

水　うねり、拡がりて海となり
叫喚天地をとよもす水
　みどりなる水
　銀いろのみづ
　晴朗のみづ
　暗い水

したたりゆく
わが心　汝とともにしたたり
汝と共に玉なし光かがやき
ふくらみ
　——落つ

淀む水
汚臭放つみづ
真黒の水
　　汝とともに
わが心腐れゆく

まっくらくら……

まっくらくら
ビュビュン、ビュンビュン
ぐらあがあ

どす黒い血がゴウゴウ唸る
ホロリホロリとお笑い召さるる
はて何やら胡散臭さ
青菜に塩とはお前のこと

ピョロロン、ピョロロンと涙のしずく

今夜はひどくお酔い召された
ククク と喉にこみあげる
このおかしさを何にせむ

夜の底なる劫罰の
地獄の犬めが吠えくさる
血潮はお囃し
ドドドンドン

まっくらくら
ビュビュン、ビュンビュン
ぐららあがあ

この身は地獄に？　天国に？
オツム天国、ココロは地獄
ふらり一歩を踏み出せば
さても妖しの振る舞いかな

浮きつ沈みつ心は騒ぐ
劫罰の——さても僭越なること
黒く泡立つ血潮の中
アップアップの大波の上

大渦が——
やがてはお前を巻き込もう
お前はさっぱり忘れるだろう

いざいざヤンパチ笑っちまおう
ビュビュン、ビュンビュンビュン
まっくらくら
ぐららあがあ

ああ、またしても……

ああ、またしても――
　絶望か
訳の解らぬ絶望か

まっしぐら劫罰の火に
　ぐぉうぐぉう燃える暗黒に
　　涙は三千尺の滝
毎夜メソメソと泣き続け
ぞっと身のすくむ恐怖のさなか

狂え！

突進したのはいつの日だったか
あの頃にもこんなヤクタイもなき「絶望」が存したか
あの頃、「絶望」の二字は虚空に
傲然たる光を放《はな》っていたではないか。それがお前の
栄光だったのではないか？

叫喚はお前のものか疾風か岩にぶち当たる波浪の呻きか
身はつんざかれ眼は血のように赤くなり
　かの悶絶の歓喜のさなか

死ね！

見たのではないか信じたではないか
莞爾たる虚空の二字は
　小心者なるお前、オッカナビックリのモラリスト
　ケチな良識と合理主義者だったお前に
栄光と絶望との定式を掲げたのではないか

それが今ではこんなザマか
　死ね！
　狂え！

嘗てお前の身体は微塵に砕けて飛び散った

今はだらしなく溶けてゆくばかり
どこで道を間違えたのか？　と問いかけるお前の声にも
今はガランドウなるお前の心に――。

土左衛星門

もう俺は何も知らず
切なさ
堪えかねて死んじまった
（感傷に溺れて死んじまった）

のっぺらぼうの土左衛星門
蒼黒い流れをプカリプカリ
（三途の川まで道は長い）

よくせき憐れな奴

水から引き揚げて
線香の一本お経を上げて
さてよくよく聞いてみたらば

　知らぬ知らぬと言い張った
　前世《さきのよ》もまた現世《うつしよ》も
　俺は知らぬ

ナンマイダブ、ナンマンダブに送られて
この身がダブにダブいたほか
　何も知らぬ

焼こうとしたら泣き叫び

埋めようとしたら吼えわめく
しようがないから水に流した
（のっぺらぼうの土左衛星門、プカリプカリと流れてゆく）

初めは水の底ばっかりのぞいていたが
メタンガスの泡ばかり魚一匹泳いでいはせぬ
（そこで今度は向き直る）
スモッグの空
どこまでもどこまでもスモッグの空

―完―

あとがき

語学を教へる教師の中には文学者を志す者が少なくない。私も心ひそかに作家たらんと願ふ一人であつた。だがさうした教師たちの多くが、文学研究者として立たうとし、そして立派な学者となつて行くのに反し、私は全然さうはならなかつた。

それどころではない。私は学問研究に携はらぬことをひそかに誇りとし、自負の念すらいだいてゐた。無論、さうは言つても「研究」と称するものを書かなくてはならぬ義務もあつたから、いくつかそれらしきものも書くには書いたけれど、当然それらは「論文」の名に値するやうなものではなかつた。書くには書いても、それはご当人のつもりでは「世を忍ぶ仮の姿」、すなはち恥つ掻きにほかならなかつた。思へばまことに笑止極まる醜態であつたのだが、ご当人はそれで得意だつたのだから手の付けやうがあるまい。

ともかくも自称文学者であつた私は（本来は小説をこそ書きたかつたけれど）、時をり詩を書いたり小説を書いたりしては、これを文学者たるおのが自己証明としてゐたのだつた。ただ滑稽なことに、さうした小説の類は大部分未完のまま抛り出されたのではあるが。

かくするうちに数十年、幸か不幸か私も俗に「栴檀《せんだん》も焚《た》かず屁もひらぬ」まま晩年の身とはなつた。


この間、私は思ひ出したやうに時をり詩を書いてはゐたけれど、ただの一度も自分の詩を、ひとに見せようとはしなかつた。小説の場合は、たとへ完成稿があつても我ながら未熟と思へたからだが、詩はさうではない。逆であつた。

幸か不幸か不遜きはまる私の目には現代詩の大部分が、行分けを外してしまへば、ただの散文になつてしまふやうに思へてならず、結果として現代詩に対してまつたく背を向けるに到つたからである。

私が心から讃美し熱愛するのは、藤村、白秋を筆頭に、もはや現代から遥かに遠い先人たちばかりであつた。それゆゑ私も、願はくは彼らに追随する詩を書かうとした。しかし、そんな詩がよしんば優れてゐようとも、現代に評価されるだらうか。されない、と私は断定した。ならば好き勝手に、自分の好み通りに書くまでだ。むざむざ発表して、その古色蒼然ぶりが笑ひものとなるよりは、自分一人で満足してゐればよいのだと思つてゐた。

心境の変化は突然起きた。当世は「自分史」ばやりのご時世である。誰もが嬉々としておのが恥を書いてゐる。かういふ時代に、おのれ独り眼高手低を気取つてゐる阿呆がゐたら、さういふやつのツラを見たいものだ、といふ考へが或るとき、電光一閃、突如私を捉へたのである。

そこでつくづく鏡を見た。なるほどかういふツラであつたのか。やむを得ない、と私は即座に納得し、降伏した。かういふ手合ひがご時世に追随しないで何とせう。事理は明白。

もうこれ以上、書き加へるのは蛇足であらう。

以上

平成二十八（二〇一六）年十一月吉日

追記　これらの作品の或るものは文語で、或るものは口語で書かれてゐるが、その上、そのそれぞれが時にいはゆる「歴史的仮名遣」であるかと思へば、時に「現代仮名遣」であり、場合に依つては同じ一篇の詩の中に「歴史的仮名遣」と「現代仮名遣」が混用されてさへゐる。

悩ましいのはルビで、これまた私は「歴史的仮名遣」と「現代仮名遣」の混用を敢へて自分に許したのだ。教養がない者は仕方がない。

もし私の作品を楽しんでお読み下さる方があるとすれば、どうかこの滅茶苦茶な仮名遣をも、作者の故意に基づく意図的、意識的なスタイルとしてお読み頂きたいものである。

出版にあたって

故川口顕弘は、若い頃に書き溜めた詩歌を世に出そうと、晩年になって準備をしておりましたが、生前には叶いませんでした。

このたび故人の意向を汲んで、それらの作品を出版することにいたしました。別々の二つの詩歌集（『衿子のための詩と歌の本』と『優しき歌』）として残されておりましたが、今回、出来る限り手を加えずに、表題を『優しき歌　川口顕弘作品集』として一冊に纏めました。尚ごく大まかながら、作成年代順といたしました。

多くの人にこの作品集を読んでもらうことが、故人の何よりの望みであったろうと思います。ことばの力を信じ続けた生涯でした。

令和六年（二〇二四年）十月

川口芙佐子

＊作品が書かれた時代を考慮し著者の表現を尊重しています。

著者プロフィール

川口 顕弘（かわぐち けんこう）

1934年　旧満州国遼寧省本渓湖市生まれ
1967年　早稲田大学第一政治経済学部卒業
1973年　早稲田大学大学院仏文学研究科　博士課程修了
1971年～2011年　千葉商科大学に勤務
この間、早稲田大学、郵政大学校、武蔵野美術大学（他）講師
2005年～　千葉商科大学名誉教授
2019年　逝去

【訳書】
T.ゴーティエ『魔女伝説』（森開社　1979年）
P.ボレル『シャンパヴェール悖徳物語』世界幻想文学大系第21巻（国書刊行会　1980年）
P.ボレル『狂想賦』（国書刊行会　1981年）
J.ロラン、C.マンデス、F.コペ他『19世紀フランス幻想短編集』（川口編・訳　国書刊行会　1983年）
ヴォルテール『ミクロメガス』（国書刊行会　1988年）
『新編　バベルの図書館』第4巻フランス篇「ヴォルテール」（国書刊行会　2012年）
他

優しき歌　川口顕弘作品集

2024年12月15日　初版第1刷発行

著　者　川口 顕弘
発行者　瓜谷 綱延
発行所　株式会社文芸社
〒160-0022　東京都新宿区新宿1－10－1
電話　03-5369-3060（代表）
03-5369-2299（販売）

印刷所　TOPPANクロレ株式会社

ISBN978-4-286-25917-8